阅读即行动

James Wood

[英]詹姆斯·伍德 著

How Fiction Works

小说机杼

黄远帆 译

北京联合出版公司
Beijing United Publishing Co.,Ltd.

图书在版编目（CIP）数据

小说机杼 /（英）詹姆斯·伍德著；黄远帆译 . —北京：北京联合出版公司，2024.6（2025.8 重印）
ISBN 978-7-5596-7560-6

Ⅰ.①小… Ⅱ.①詹…②黄… Ⅲ.①小说评论－英国－现代 Ⅳ.①I561.074

中国国家版本馆 CIP 数据核字（2024）第 074909 号

HOW FICTION WORKS
Copyright © 2008, 2018, James Wood
Chinese Simplified translation copyright © 2024
by Neo-cogito Culture Exchange Beijing Ltd
Published by arrangement
through THE WYLIE AGENCY (UK) LTD
All rights reserved

北京市版权局著作权合同登记　图字：01-2024-1379

小说机杼

作　　者：[英]詹姆斯·伍德
译　　者：黄远帆
出 品 人：赵红仕
出版统筹：杨全强　杨芳州
责任编辑：刘　恒
特约编辑：金　林
封面设计：彭振威

北京联合出版公司出版
（北京市西城区德外大街83号楼9层 100088）
北京联合天畅文化传播公司发行
北京启航东方印刷有限公司印刷　新华书店经销
字数120千字　775毫米×940毫米　1/32　8.875印张　插页2
2024年6月第1版　2025年8月第4次印刷
ISBN 978-7-5596-7560-6
定价：68.00元

版权所有，侵权必究
未经书面许可，不得以任何方式转载、复制、翻印本书部分或全部内容。
本书若有质量问题，请与本公司图书销售中心联系调换。
电话：010-64258472-800

献给诺曼和艾尔莎·拉什

以及 C.D.M.

秘方只有一个——用心烹饪。

——亨利·詹姆斯

目录

1　十周年版序言

1　叙述

38　福楼拜和现代叙述

46　福楼拜和浪荡儿的兴起

59　细节

93　人物

133　意识简史

161　形式

177　同情和复杂

188　语言

219　对话

228　真相，常规，现实主义

255　参考文献

十周年版序言

1857年，约翰·罗斯金写了一本小书，叫《绘画原理》。此书属于入门、介绍、简史，却也自成一部文论，充满了激情洋溢的一家之言，既可引导普通的艺术爱好者，又能触动精通绘画的专业人士。此书提出的首要问题，便是观看。罗斯金开篇就敦促读者仔细观察自然——比如，去看一片叶子，然后用铅笔临摹。他也附上了自己所画的叶子。接着他从叶子转而谈到丁托列托的一幅画：注意笔触，他说，看看他怎么画手，又是如何地着意于阴影。罗斯金的权威并非源于他自己艺匠的身份，而是源于他能看见什么、看得多细，并且可以把这种眼力转而用文字表达出来。

而如此谈论小说艺术的书竟寥寥无几——那种书要有本事，同时让普通的读者、饥渴的作家、学生甚至教授都有所得。E.M. 福斯特的演讲集《小说面面观》，盛名在外，其实也副，只可惜作于遥远的 1927 年。我欣赏米兰·昆德拉、罗兰·巴特、维克多·什克洛夫斯基的批评集，但这些作家也各有不尽人意之处。昆德拉是小说家和文论家，而非第一线的批评家，有时我们不禁会想，他手上再多沾点儿油墨就好了。什克洛夫斯基和巴特，这两位是 20 世纪的批评大家，专攻叙事，在风格、词语、编码、比喻、意象等一系列问题上卓有建树。然而他们的思考方式，好像那种已然生疏了创作本能的作家，却又如偷窃成性的银行内鬼，忍不住反复搜刮自己赖以为生的根源——文学风格。罗兰·巴特尤其如此，他对虚构的现实主义爱恨交加：他是现实主义最伟大的剖析者，也怀有最尖锐的敌意，他总是忍不住回到他的老本行，再次提醒自己不管怎么说这都是骗人的把戏。

什克洛夫斯基和巴特是形式主义批评家：他们置文学的形式问题于政治、历史、道德之上。一如形式主义者纳博科夫，他们有时候谈起文学，好像内容——小说写什么——根本无关紧要。巴特的确得出了这样的结论：虚构的叙事若以现实为参照，就是什么也没发生："发生的是语言本身，语言的冒险，语言永不止歇地庆祝自己的到来，"他1966年写道。1950年代以来，某些后现代主义者，也对经验主义者或实证主义者主张的现实主义怀有类似的敌意，他们引以为范例的是福楼拜的那个梦想——写一本"言而无物"的小说，这本书没有内容，纯由风格维系。后现代主义者终于将巴特的高论付诸实践。

但弗吉尼亚·伍尔夫很明智地提醒她的读者，小说家写作不仅用句子，也用段落和章节。我想她的意思是，小说不止于词语的精美组合，小说无法单凭一连串"美丽的句子"而成功。她明白小说还有道德的形式，而构成这种道德形式的，既有作家的风格，也有小说的内容。唯其如此，小说才有资格作为一种道德质询，即福特·马多克斯·福特所谓的"一种极为严肃的探询人类的媒介"。

我所理解的文学，既是道德问题，又是形式问题（肯定赞同这点的不仅有罗斯金，还有罗斯金最忠实的读者，普鲁斯特）。最理想的形式主义者都对内容很感兴趣，因为内容的选择总是形式的难题。最理想的道德主义者都对形式装置很感兴趣，因为这些装置要承载真理，而不仅仅为了美丽。小说不止是一种音乐，尽管"小说应该具有多少音乐性"是一个说来话长、有点烦人的美学问题。小说应该多花哨呢？它是一面镜子还是一段音乐，是一架相机还是一幅画？艾丽斯·默多克重新定义了这个古老的争论，她将当代小说分为"新闻"和"结晶"。前者是传统的现实主义：诚诚恳恳，扎扎实实，如实道来，不玩花样。而后者则是一种对于风格和造作更为自觉的现代形式主义。

我自己也备受这些问题的折磨。但我的本能是通过"兼而有之"，而不是"非此即彼"来解决问题。这本书里，我想往返于两极之间，而不是把各种大旗一插了事。我会说某部小说和某个作家，过度雕琢，缺乏生气——这时候我的批评好像来自实诚的新闻组。我也会说另一部小说或者作家缺乏风格，有欠打磨——这时候我的批评又仿佛来自水晶美学组。（与此类似，我发现我和信徒说话像无神论者，而和无神论者说话听着又像信徒……）但在任何时候，写作者都必须警惕常规，因为常规会把小说的布置压扁，变成一套简易而懒惰的语法，而写作就会变成那种讨厌的老式寄宿学校，从来找不到一个可信的理由去更改它的规章。

　　本书最初问世于 2008 年，有时人们视其为对于经典现实主义的一种辩护。我希望这个修订版能让大家在十年后看得更清楚，事实恰恰相反：我警惕陈腐的现实主义，而向往某种更深刻的现实主义，我确信它贯穿了小说的传统。我远非意在为现实主义辩护——而且它也不需要任何辩护——我想做的是审视它，展现其在种种方面既自然而然，又高度雕琢，我想给大家看看小说运作之机杼（并尊重那些无法解释的奥秘）。当然小说总是既人造又真实的，同时抓住这些可能性并非难事。《小说机杼》其实不是最初选择的书名，本来应该叫《最接近生活的事物》，出自乔治·艾略特谈德国现实主义的一篇文章，她说"艺术是最接近生活的事物，艺术扩充了我们的经验，让我们和人类同胞的接触，不再受个体际遇之限"。我喜欢这个说法，因为这位伟大的维多利亚时代的现实主义者说得很确切。艺术并不等同于生活，但非常接近生活，而那个看似微小的距离（"最接近"）实为一道鸿沟，远远隔开了作品。

总而言之，本书既做形式主义批评，也做道德批评。风格的问题令我兴奋（比喻怎么生效，哪些细节相比其他更为有力、为什么，视角有什么作用，如此等等）。令我同样兴奋的问题还有内容（这本小说写了什么，它告诉我们人类因何而活、如何生活）和文学的形而上学（是什么让一个小说人物显得鲜活，小说如何才能揭露真实，用小说来探索意识可行吗，还有，说来说去，究竟什么才是"真实"，如此等等）。这里面大多数都是文学的老问题了，但我想给它们以切实可行的解答，就像罗斯金对待树叶和丁托列托的画那样——换言之，我希望以批评家的立场提问，从作家角度回答。

而答案有很多。读者自然不喜欢有人居高临下地告诉他们"小说之机杼"，好像一种小说对应于一种解释。其实没有。因为小说的历史就是各种例外的历史，那些书以无法归类为荣。当托尔斯泰声称《战争与和平》"不是一部小说"，小说的传统除了打破自己以外还能怎么办？世上既然有各种各样的小说，就会有各种各样描述和解析小说的方法（虽然多少都有盲人摸象之嫌）。我还不如把这本书叫作《那些我很喜欢的小说一般是怎么写成的》(尽管我无疑很想把书名改成《他全说对了》)。为此,我特意让自己和读者都陷入引文的漩涡、一页又一页的例子。其用意不是唬住人,而是为了展示、展示、展示;为了荣耀那个批评的理念,即批评的艺术中,最首要的就是激情洋溢的重述;为了一遍又一遍对读者说:"看这里!是这样的!或者这样,或者这样……"我衷心认同瓦尔特·本雅明的理念:让一部批评著作,完全由引文和精心编纂的一大捆重述构成。

《小说机杼》不是一本教科书,也不是一部文学史,它非常私人,反映了作者的偏见和局限。我想写一篇文章,类似于上大学前刚发现文学批评时爱读的那种文章——有些偏颇甚至偏激的地方,勇于争论,激情洋溢,不时狂喜。那种文章并非发源于书房,而是从生活之中吹来,是哈兹利特、柯勒律治、伍尔夫、福特·马多克斯·福特和奥威尔写的那种东西。一本关于小说的教科书必须有一章讲"情节"。但由于我自感对于情节讲不出什么新意(再加本就不待见故作曲折、斧凿明显的小说),我当年选择略过。而今《小说机杼》在很多创意写作班和文学课里成了类似于教科书的指定读物，所以似乎值得借机修订升级一番。我新加了一章谈形式——谈形式的可能性和作用（大约可以算写了情节而又没有真的写情节）。我增补了一些段落和评论，来谈当代作家，包括珍妮·奥菲尔、泰居·柯尔、阿莉·史密斯、卡尔·奥韦·克瑙斯高、埃莱娜·费兰特、莉迪亚·戴维斯和亚历杭德罗·桑布拉。

这些作家自我写本书第一版的 2007 年以来，多有产出，而他们新出的书也令我兴奋和着迷。过去的十年里，为小说注入新能量的是，大家围绕现实主义的种种疑问。当代的严肃作家反复表达他们对于小说常规的警觉、不满、敌意和倦怠。他们希望打破形式，做点儿不一样的。这种冲动不见得多新鲜，却并不因此而丧失其必要性。过去的一百多年里，小说虽然不乏心血来潮的自我更正，却始终难逃非议，人们总是指责小说僵化了：情节像一套现成的护具，而所谓"冲突"、发展、顿悟、场景、对话等等，无非陈词滥调，现实主义的透明，纯属自欺欺人。我把这类礼拜规程般的写法称为"小说主义"。

新作家有意重整乾坤，遂写出一部部趣味盎然的佳作。我说的新作家,自然包括上文提及的那些人,也包括诸如希拉·赫提、妮可·克劳斯、亚历山大·黑蒙、杰夫·戴尔、本·勒纳、扎迪·史密斯、哈维尔·马里亚斯、珍妮·埃彭贝克等等等等的很多人。也许这些作家对他们革命性的解决方法,并不像现代主义和后现代主义的前辈们那样胸有成竹、笃信无疑。他们可能并不觉得自己是革新者。但他们毕竟知道不想要什么。(性手枪乐队的绝妙歌词跳了出来:"不知道我要什么/但懂得怎么搞到手。")近来,他们最激烈的不满,指向海市蜃楼般的伪造,因为那是假的,是二手的,总依赖于人工制造的他者(也就是说,依赖和作家截然不同的各种虚构人物)。英国小说家大卫·邵洛伊发出了当代小说家的经典抱怨,他告诉一个采访者,"我坐下来想写一本书,可就是想不出这有什么意义。什么是小说?你编好一个故事再讲出来。我不明白这怎么会有意义。"加拿大作家希拉·赫提也说了类似的话:"我对虚构人物没什么兴趣,因为要造出一个假人,让其游历于一个假故事中,实在太吃力了。我就是——我做不到。"赫提的解决办法是写她所谓的"生活里的小说"。她的作品《人该怎样?》

（2010），使用了真实的对话和电子邮件。此书一部分写成了戏剧的样式，其他部分则像论文。小说人物看上去是直接从作家自己的朋友圈里拿来的，连名字都没变。邵洛伊的小说《人不过如此》(2016)剥离了传统的情节模式，呈现为一组短篇，松散地捆在一起，新闻报道般直言不讳。全书以急切而扎心的现在时写成。

虚构似乎吃力不讨好，因为我们的时代有一种强劲的"现实的饥渴"——容我借用一下大卫·希尔兹的宣言标题[1]，该宣言与赫提的小说同年出版。希尔兹反对传统小说的虚构造作，而力挺他所谓的"基于现实"的艺术。他写道："我发现传统小说的所有招法，竟然全在意料之中，读起来很累，又很假，而且本质上没什么目的可言。"他没空为人物编名字、设置情节发展、写大段大段的对话。他更喜欢论文、回忆录、断章、短篇小说。如果他必须读小说，他喜欢作者像自传般如影随形，一同思考、争论、评说。希尔兹肯定不是个例。文学性的论文，确实吸收了一些小说的妙处，容纳了虚构的

---

[1] 大卫·希尔兹，《现实的饥渴：一份宣言》(2010)。

法则,这类文本势头正旺。目前很多作家都在虚构和非虚构的中间地带写很有意思的东西。

但为什么不想办法,糅合现实的饥饿和虚构的饥饿呢?毕竟,扔掉小说的陈规是一回事,一股脑抛弃虚构又是另一回事了。我也像希尔兹一样,喜欢读那些由断章、警句、哲学论文组成的书,读那些游走在小说、自传和批评之间的作家——尼采、佩索阿、巴特、齐奥朗、普里莫·莱维的《元素周期表》、克瑙斯高、麦琪·尼尔逊的《阿尔戈英雄》,等等。这类作家身上有一种特殊的能量,很直接、很私人、很当代。克瑙斯高称这些"书仅仅由一个声音构成,这个声音就是你自己的个性、生活、面孔,一种你可能对视的目光"。但有时候,邂逅纯属虚构的东西,不也很有趣吗?除了熟悉的凝望,无中生有的幻影不也很美妙吗?在打开一本新的小说以前,我常常想:在有这本小说以前,什么都不存在。有人创造了它。无凭无据。这种无中生有的创造,令我感到有点神圣。而小说这种形式也可以算某种"宗教"(也就是说,道德)的试炼。我们都厌烦俗套小说里的假人、希拉·赫提所谓的"假故事"。然而对于形式的考验,最终也会施加一种道德的压力。小说的本质就是人造的困境,这种困境之所以奇怪地充满意义,恰恰因为有人不得不置身于不属于他的环境,并且毫无理由。而既然没有理由,这些人造的困境就必须证明,造它们出来具有美学上的正当性,这又会倒逼虚构去接受一套更深层的道德检验。我们作为读者,不可避免地会提出一些重要的美学—道德问题——"这里头的道德风险是什么?这本小说是否值得写出来?我是否在美学层面相信它?我是否给了它存在的权利?"——我们用小说本身来检验小说。这个意义上,小说是一种永远在自我检验的假设。

而且,在某些艺术作品中,虚构造成的异质感弥足珍贵。我们每天在电台和手机里听到的那些三分钟左右的歌,已融入日常生活的节奏,一点一滴地渗入渗出(淡出的形式最能体现这种点滴渗透),这些歌与我们的时日混为一体,从少年时代便是如此。我们永远撇不下它们。但也有一些艺术作品坚持一种闪烁不定、近乎幽灵般的遗世独立。我们为其光明正大的与众不同而倾倒:一首露易丝·格里克的诗、一段贝多芬的钢琴奏鸣曲,或者巴尔托克的第三钢琴协奏曲,一部布列松的电影,或者翁达杰、塞巴尔德、川端、玛格丽特·杜拉斯的小说。你知道我想说的何种自成一格：它肯定一种发明，如果说不完全算虚构的话。这些作品无法轻易地链接我们自己的生活。作者并不准备现身说法，也没有什么熟悉的凝望。他们对唐纳德·特朗普无话可说，感谢上帝！他们和我们的时代格格不入，也许都有点弃我们而去的意思。

话再说回来，说"现实"高于虚构，到底是什么意思呢？我喜欢的恰恰是虚构之现实。我年复一年反复阅读的小说，已经拥有一种巨大的现实力量：一种饥渴和满足饥渴的能力。（我想到的是陀思妥耶夫斯基，汉姆生，契诃夫，伍尔夫，帕维泽，克莉斯蒂娜·斯台德，V.S. 奈保尔，斯帕克，贝娄，莉迪亚·戴维斯，托马斯·伯恩哈德。你也可以列份名单。）谁的作品比莎士比亚更有"现实的力量"？《魔山》或《城堡》的现实又怎么讲？我想不出哪一种现实的饥渴比在《毕司沃斯先生的房子》里更加美妙。（啊，其实我可以：克莉斯蒂娜·斯台德的《爱孩子的男人》。）至于托尔斯泰——他也许是最伟大的小说家——是否也堪称最伟大的"现实艺术家"？托尔斯泰说自己缺乏想象力，可能不是开玩笑——他当真从生活里原封不动地搬来很多东西。初读托尔斯泰，你会感到绷紧的衣服解开了。19世纪的小说常规土崩瓦解，诸如巧合，偷听，好心的恩公，遗弃的婴儿，残酷的遗嘱，等等等等，统统不见了。这便是他"现实效应"的一大特色。大概世上再没有比《伊凡·伊里奇之死》更伟大的现实艺术了——那是一份长达七十页的惨痛报告，写一个人在疾病中缓缓死去，不论虚构还是非虚构的文学，至今无出其右。

"现实的饥饿"是个歪打正着的说法，因为实际上小说的历史表明，小说的现实主义永远饥渴，总在尝试新方法——每隔五十来年吧——总要闯进贮藏室，多偷一点现实的食粮出去。那些追寻"生活"、试图"写透生活"的作家，总是贪得无厌，因为从来没有一种形式够真。这种饥渴大多数作家都感同身受，并非敌视虚构陈规的那批人所独有。最近几年，要讨论小说的可能和乐趣，就绕不开两位作家（我倒碰巧盛赞过他俩的早期作品）：埃莱娜·费兰特和卡尔·奥韦·克瑙斯高。他们的名字常常一同出现，尽管两人着实大不相同。克瑙斯高的《我的奋斗》是一部六卷本的自传体小说，自传的成分多于小说。这个项目试图打破许多传统小说写作的预设。书中，作家像在自传里一样，始终在场，其叙述的种种事实，虽然难免回忆和虚构杂而有之，都紧贴作家自己的人生。克瑙斯高不再编织情节，取而代之的是最小单位的真实。他就像某种勇敢而疯癫的反福楼拜分子，一点儿都不在意平庸、天真、陈词滥调、多愁善感、文笔糟糕。另一边呢，费兰特以化名写作，相对传统。她的那不勒斯四部曲写的是虚构人物的故事，不过也留了空间给作者的所思所想（比如对女性主义的看法），其情节和结构很传统。四部曲里的第一部，《我的天才女友》，花了很大心血去虚构一个1950年代的那不勒斯——它的现实效果如此强烈，让早期读者（包括我自己）大约都误以为躲在假名背后的作者，肯定在写自传。

两位作家，一位接受没完没了的采访和照相，满世界开朗读会，另一位则丢下假名玩失踪（尽管受误导的记者想把她挖出来）。一位本质上是自传作家，另一位本质上是小说家。一位只写了一个真实的男人，另一位则写了很多虚构的女人。然而这两位作家却常常放到一起讨论，好像本来就是一对儿。为什么呢？最接近真相的解释也许是，在他们两位的作品里，读者都感觉到一种耳目一新的极致纯真，一种用小说去揭露真相的决心，一种创新甚至打破常规的兴趣，而同时又不放弃传统的现实主义，永远渴望生活。这两位作家不觉得有必要在现实的饥渴和虚构的饥渴之间做出选择（克瑙斯高充满虚构，费兰特充满现实）。他们的项目，他们的目标，他们的猎物，乃是费兰特所谓的"真切"，她以此来反对单薄的逼真。*

殊途同归："一种极为严肃的探询人类的媒介。"

2018 年 8 月

---

* 埃莱娜·费兰特关于"真切"与"逼真"的论述，见她的访谈集《碎片》（2016）："一部小说的真正核心是它的文学真切性，它要么有这种真切性，要么没有，假如没有的话，任何写作技巧都于事无补。您问我的问题是：有没有男性作家可以非常真切地讲述女性的遭遇？我无法列举出这些作家。假如有些男性作家能写出非常逼真的故事，但这和真实是有差别的。"（陈英译，有改动）

叙　述

1

小说之广厦，窗户多得很，但大门只有两三个。讲述一个故事，我可以用第三人称或第一人称，也许还可以用第二人称单数，或者第一人称复数，虽然后两者成功的例子实在屈指可数[1]。如此而已。任何其他的东西，就不那么像叙述了，而大约更近乎诗，或散文诗。

2

实际情况是，我们套牢在第一人称和第三人称

---

[1]　罕见的成功例子，可以看一下萨曼莎·哈维的《亲爱的贼》和埃米尔·麦克布莱德的《女孩是半成品》。

叙述上面。通常以为，可靠叙述（第三人称全知）和不可靠叙述（不可靠的第一人称叙事者，其自知之明不及读者最后的这一旁观者清），两者之间泾渭分明。在这边，可以举出托尔斯泰，另一边，则有亨伯特·亨伯特，或伊塔洛·斯维沃的叙事者，泽诺·考西尼（Zeno Cosini），或博迪·伍斯特（Bertie Wooster）。全知作者视角，大家公认已是明日黄花，正如称之为宗教的那面"铺天盖地、虫蛀灰积、娱人耳目的锦缎"已经过时一样。W. G. 塞巴尔德有次对我说："我以为写小说不把叙事者本身的不确定性当回事，是一种极其极其不堪的撞骗勾当。不论什么类型的全知写作，叙事者在一个文本里安排自己担任舞美、导演、法官、执行人，我总觉着不太能接受。此类书于我是难以卒读的。"塞巴尔德接下去又说，"如果你是指简·奥斯丁，你所指的世界里有一套约定俗成的处世规范。既然这个世界的规则明明白白，每个人都知道什么属于犯规，那么我也认为在这个语境里，叙事者世事洞明，对某些问题胸有成竹，亦属合情合理。但我觉得这种确定性早已被历史洪流卷走，我们确实必须承认我们在这些事情上的无知和不足,并且按此写作。"[1]

3

对塞巴尔德以及许多像他那样的作者来说,标准的第三人称全知叙述是一种太老土的欺诈。然而针锋相对的双方其实都夸大其词了。

4

实际上,第一人称叙事基本是可靠多过不可靠,而第三人称"全知"基本是局限多过全知。

第一人称叙事者经常是高度可靠的。比如简·爱,一个高度可靠的第一人称叙事者,从一个后见之明的角度向我们讲述她的故事(多年后她嫁给罗切斯特先生,从而可以看清自己的一生,而罗切斯特先生的视力在小说结尾也正逐渐恢复)。甚至表面上明明不可靠的叙事者也往往是可靠的不可靠。想想石黑一雄《长日将尽》中的男管家,或者

---

[1] 该访谈可以在 Brick 杂志第 10 期上找到。塞巴尔德的德国口音某种程度上起了推波助澜的作用,放大了他本来就有意为之的那种可笑又惨兮兮的、伯恩哈德式念白里面,对于"极其""不堪"之类词语的重读。

博迪·伍斯特,甚或亨伯特·亨伯特。我们知道叙事者不可靠,因为作者已经就此警告过了,作者的一整套操作是可信的。作者一路上给我们设置了提醒,让小说教会我们如何阅读它的叙事者。

不可靠的不可靠叙事很罕见,实际上——就像一个真正神秘的、深不见底的人物那么罕见。克努特·汉姆生(Knut Hamsun)的《饥饿》(*Hunger*)里面,那个无名叙事者是极度不可靠的,并且到最后还是不可知的(部分原因在于他是个疯子);陀思妥耶夫斯基的《地下室手记》的叙事者是汉姆生的样板。伊塔洛·斯维沃笔下的泽诺·考西尼大概是真正不可靠叙事者的范例。他幻想通过给我们讲述他的故事来对自己进行精神分析(他答应了他的分析师这么做)。然而他信心满满挥舞在我们眼前的自知之明,像一面滑稽的旌旗,弹痕累累浑身是洞。

5

另一方面,全知叙事极少像字面上那么全知。首先,作者的风格基本上会让第三人称全知叙事在某种程度上趋于局限和内折。作者的风格总是要把我们的注意力拉到作家那里,拉到作家经营出来的生花妙笔上面，也就是拉到作家自己的印记上面。福楼拜那个几乎可笑的著名悖论就是由此而来，他希望作家"客观"，宛若上帝，抽身事外，然而他自己极富个性的风格，那种精妙绝伦的句子和细节，何尝不是上帝在每一页上留下了炫耀的记号：客观作家就谈到这里吧。托尔斯泰离标准意义上的全知叙事者最近，他以无比自然而又无比权威的方式使用一种写作模式，罗兰·巴特称之为"参考规范"（有时候也叫"文化规范"），借此作者自信地套用某个四海皆准或已成共识的真理，或者一套共享的文化、科学知识。[1]

6

所谓的全知几乎是不可能的。只要一开始讲关

---

[1] 巴特在《S/Z》（1970，理查德·米勒翻译）里面使用这个术语。他所指的是那种19世纪作家调用共识下的文化或科学知识，例如共同的对于"女人"的意识形态表述。我把这个概念扩展为作家做出的任意种类的概括。举一个托尔斯泰的例子，在《伊凡·伊里奇之死》的开头，伊凡·伊里奇的三个朋友在读他的讣告，托尔斯泰写每个人"就像通常碰到这种事一样，正在心里暗自庆幸死的人是伊凡而不是他自己"。就像通常碰到这种事一样，在这里作者轻轻巧巧、很有智慧地提到了一个人类的关键事实，将凝视的目光平静地投到三个不同的人心里。

于某个角色的故事，叙述就似乎想要把自己围绕那个角色折起来，想要融入那个角色，想要呈现出他或她思考和言谈的方式。一个小说家的全知很快就成了一种秘密的分享，这就叫"自由间接体"，小说家们还给它起了很多诨名，什么"紧密第三人称"，什么"进到角色里面去"。[1]

7

  a. 他望着妻子。"她看上去很不开心，"他想，"简直是病了。"他不知该说些什么。

这里是直接或引用的言语（"'她看上去很不开心，'他想"）和对一个人物的描述或间接言语（"他不知该说些什么"）结合在一起。老派观念认为，一个人物的想法是对自己讲话，等于一种内心的演讲。

---

[1] 我喜欢 D. A. 米勒对自由间接体的称呼，出自他的著作《简·奥斯丁，或文体的秘密》："贴着写"（close writing）。

b. 他望着妻子。她看上去很不开心,他想,简直是病了。他不知该说些什么。

这是描写或间接言语,丈夫内心的话由作者描述出来,并如是标记("他想")。

这是标准的现实主义叙述规范中,最好认、最常用的形式。

c. 他看着妻子。是,她看上去又是一副无精打采、闷闷不乐的样子,简直是病了。他又他妈的该说些啥呢?

这是自由间接言语或文体:丈夫内心的言语或想法从作者的标识中解放出来,没有"他对他自己说""他不知""他想"。

注意灵活度的提升。叙述似乎从小说家那里飘远了,带上了人物的种种特征,人物现在似乎"拥有"了这些词。作家大可以把描写的所思所想往里折,使之围绕着人物自己的词汇("他又他妈的该说些啥呢?")。我们离意识流十分接近了,这就是自由间接文体在 19 世纪和 20 世纪初发展的方向:

"他看着她。不开心,是的。病恹恹的。显然告诉她是大错特错了。又是他愚蠢的良心。为什么他嘴那么快?全都是他自己的错,现在怎么办?"

你会注意到这种内在的独白,不用任何提示或引号,听上去很像那种18、19世纪小说里面的纯独白(该例子说明一个技术上的进步,不过是以迂回曲折的方式,重振一项太基础又太有用的——太真实的——老方法,没它不行)。

8

自由间接体在不动声色时最有效力:"简透过愚蠢的泪水看管弦乐队演奏。"在我的例子里,"愚蠢"一词表明句子是用自由间接体写的。把它拿掉,我们手里就是一个中规中矩的描写:"简透过眼泪看管弦乐队演奏。"加入"愚蠢"一词引出问题:这个词到底来自何人?显然我不会仅仅因为一个人物去音乐厅看演出就说她愚蠢。不,在一个美妙的炼金术般的转换中,这个词现在部分地属于简。她边听音乐边流泪,并且十分窘迫——我们可以想象她狂拭眼泪的样子——她居然允许这些"愚蠢的"眼泪流下来。转回第一人称叙述,我们得到的是这个:"'为这段傻不拉几的勃拉姆斯泪流满面真是太蠢了。'她想。"但是这个例子当中句子变得更长,而我们失去了作者复杂的在场。

9

自由间接体之所以如此有用,在于我们例子当中诸如"愚蠢"这个词某种程度上既属于作家又属于人物,我们不能完全搞清楚谁"拥有"这个词。有没有可能"愚蠢"反映出的是身为作家的一点点粗暴或距离感?还是说这个词彻头彻尾属于人物,只是作家心中骤起一阵同情,这么说吧,作家把它"递给"了这位眼泪汪汪的女人?

10

多亏了自由间接体,我们可以通过人物的眼睛和语言来看世界,同时也用上了作者的眼睛和语言。我们同时占据着全知和偏见。作者和角色之间打开了一道间隙——而自由间接体本身就是一座桥,它在贯通间隔的同时,又引我们注意两者之间存在的距离。

这不过是戏剧性讽刺的另一种定义:通过角色

的眼睛看事物,但同时受到怂恿去看那些角色看不到的东西(这种不可靠性与不可靠的第一人称叙事者如出一辙)。

11

一些反讽的绝佳范例在儿童故事里,儿童故事常常让一个孩子——或者一个同孩子差不多的存在,一个动物——用受局限的眼光看世界,同时又能让年长的读者注意到这种局限。在罗伯特·麦克罗斯基(Robert McCloskey)写的《给小鸭子让路》(*Make Way for Ducklings*)里面,麦拉德夫妇想在波士顿公园安一个新家,有一只天鹅船(外形造得像一只天鹅但是实际由游客脚踏驱动的船)从他们眼前经过。麦拉德先生从来没看见过这种东西。麦克罗斯基自然而然地滑进自由间接体:"正当他们准备起身上路的时候,一只奇形怪状的大鸟来了。它拉着满满一船的人,还有一个人坐在它的背上。'早上好。'麦拉德先生嘎嘎地叫道,表示礼貌。而那只大鸟傲慢地不做回应。"作者并没有告诉我们麦拉德先生不懂天鹅船为何物,而是直接将我们置于他的困惑当中,这种困惑显然在麦拉德先生和读者

（或者说作者）间打开了一个反讽的大口子。我们并不像麦拉德先生那样困惑，但我们还是不由自主地代入到麦拉德先生的困惑之中。

12

那么，要是一个更为严肃的作家希望在人物和作者之间打开一个小口子，会是怎样的？如果一个小说家要我们代入到一个人物的困惑之中，但并不去"纠正"那个困惑，不去把原本的事情明明白白说出来呢？我们可以直接从麦克罗斯基跳到亨利·詹姆斯。说起来《给小鸭子让路》和詹姆斯的小说《梅茜的世界》（*What Maisie Knew*）有一个技术层面的关联。自由间接体能让我们代入幼稚的困惑中，只不过这次不是小鸭子，而是小女孩。詹姆斯从第三人称角度讲述梅茜·弗朗吉的故事，她的父母皆非善类，且已经离婚，她被两头踢来踢去，两边都给她指派了一个家庭女教师。詹姆斯想让我们代入到她的困惑之中，同时也希望借儿童无邪的眼睛打量成人世界的腐败。梅茜喜欢其中的一个女教师，那位朴素的显然来自中下阶级的威克斯夫人。威克斯夫人发型很怪，曾有过一个叫克拉拉·马蒂尔德的女儿,在和梅茜差不多年纪的时候,被撞死在哈罗路上,埋在肯萨尔绿野公墓。梅茜知道她考究而乏味的母亲不怎么喜欢威克斯夫人,但梅茜还是一样很喜欢她:

> 就是因为这些事情妈妈只付给她很少的工资,基本等于白干了:就那么多,一天威克斯夫人陪她到一个客厅然后走开了,那孩子听见那里的女士中有一位——眉毛弯弯像跳绳,带着粗重的黑针脚,像在漂亮的白手套上用尺画出来的乐谱线——在和另一个人说话。她知道女教师很穷,奥芙摩尔小姐[1]不能提了而威克斯夫人在公开场合也越发如此。然而,这事,或者那件老式的棕连衣裙、那个王冠、那纽扣,对梅茜来说丝毫不减魅力,那种魅力是威克斯夫人举手投足间散发出来的,似乎隐约在说,在她的丑陋和贫穷之中,她有一种奇特而宁静的安全,比世上的任何人都安全,比爸

---

[1] 奥芙摩尔小姐也是梅茜的女教师,但后来嫁给了她爸爸。——译注(本书未标译注的皆为原注)

爸安全,比妈妈安全,比那个眉毛弯弯的女士安全,甚至比奥芙摩尔小姐安全,虽然威克斯夫人远不及她好看,而就她所知那种好看,小女孩懵懂地意识到,并不能带来同样的那种盖上被子亲亲晚安的感觉。威克斯夫人和克拉拉·马蒂尔德一样安全,马蒂尔德在天堂里,然而说来尴尬,她也在肯萨尔绿野公墓里,她们曾一同去那儿看她小小的蜷成一团的坟。

这一段写得极微妙。那么灵巧,那么自如地进出于不同层次的理解和讽刺,饱含对于小梅茜辛酸的认同,频频拉近梅茜又频频远离她,重回作者之手。

13

詹姆斯的自由间接体,能使我们同时进入至少三个不同视角:以父母和成年人标准对威克斯夫人的评判,这种标准评判的梅茜版本,还有梅茜对于威克斯夫人的看法。大人的评价,是梅茜偷听而来,再由梅茜自己一知半解的声音转述出来:"就是因为这些事情妈妈只付给她很少的工资,基本等于白干了。"那个眉毛弯弯的女士把这个残酷的真相吐露出来,再经由梅茜的转述,而这种转述并没有特别怀疑或叛逆,而是带着孩子眨巴着大眼睛的那种对于权威的尊敬。詹姆斯必须让我们感到,梅茜知道很多,但还不够多。梅茜可能不喜欢那位弯眉女士如此谈论威克斯夫人,但她仍然敬畏她下的判断,我们在叙述中能感受到一种兴冲冲的尊敬。自由间接体在这里用得如此巧妙,它是一种纯粹的声音——它渴望切回它要转述的那些话:我们能听见,以某种暗影的形式,梅茜在对朋友说话,但她又苦于这种朋友事实上并不存在,"你知道吗,妈妈付给她的钱很少因为她很穷,还有个死掉的女儿,我去墓地看过她,你知道吗!"

所以说存在一个父母对于威克斯夫人的官方意见,还有一个梅茜对于这种官方批判的理解,再有,作为补偿,有一个梅茜自己的,对于威克斯夫人更近人情的看法,即她虽不如她的前任奥芙摩尔小姐那般优雅,但似乎安全得多:能提供那种独一无二的"盖上被子亲亲晚安的感觉"。(注意,为了让梅茜通过他的语言"说话",詹姆斯愿意在这类词组里牺牲掉自身文体的优雅。)

14

詹姆斯的天才凝聚在一个词里:"说来尴尬"。所有的压力都落在这个词上。"威克斯夫人和克拉拉·马蒂尔德一样安全,马蒂尔德在天堂里,然而说来尴尬,也在肯萨尔绿野公墓里,她们曾一同去那儿看她小小的蜷成一团的坟。""说来尴尬",是谁在说?这个词来自梅茜:对于一个目睹了成年人之悲痛的孩子来说,这很尴尬。我们知道威克斯夫人曾把克拉拉·马蒂尔德比作梅茜"过世的小姐姐"。我们可以想象梅茜挨着威克斯夫人,一起站在肯萨尔绿野公墓里——这是詹姆斯叙述的典型特征,他一直留到这里才提起肯萨尔绿野这个地名,让我们自己去想——我们可以想象梅茜挨着威克斯夫人站在那里,局促而又尴尬,既受威克斯夫人的悲伤感染,同时又因这种悲伤而有些担心威克斯夫人。这是此段妙处所在:尽管梅茜对于威克斯夫人怀有深切爱意,然而威克斯夫人站在那里和那位弯眉女士站在那里给梅茜造成了同样的感觉,都令她感到尴尬。对于两者,她都不能完全理解,虽然在无意识中她偏爱前者。"说来尴尬":这个词的意思既含有梅茜自发感到的尴尬,也有成年人那套评判烙在梅茜心里的尴尬("我说亲爱的,这真令人尴尬,那个女人老带她去肯萨尔绿野那地方!")。

15

去掉"说来尴尬",这个句子就很难说是自由间接体。"威克斯夫人和克拉拉·马蒂尔德一样安全,马蒂尔德在天堂里,也在肯萨尔绿野公墓里,她们曾一同去那儿看她小小的蜷成一团的坟。"仅仅加入这个词,便把我们带进梅茜的困惑之中,而在那一刻,我们变成她——这个词是由詹姆斯给到梅茜手上的。我们和她融为一体。然而,在同一个句子里,刚刚融合,我们又被拉了回来:"她小小的蜷成一团的坟。""说来尴尬"可能是梅茜说的,但她用不来"蜷成一团",这是亨利·詹姆斯的词。句子有张有弛,有进有退,朝人物而来又能离人物而去——我们读到"蜷成一团"时就会想到,是有一个作者使得我们同其笔下的人物融合,作者自负的文风好像一个信封,里面装着慷慨大方的合同。

16

批评家休·肯纳(Hugh Kenner)指出,在《一位青年艺术家的肖像》里面,有一句是查尔斯叔叔"赴"了外屋。"赴"(repair)是一个浮夸的动词,见于老掉牙的诗歌传统。这是"蹩脚"的写作。乔伊斯的眼睛敏于捕捉陈词滥调,只会在心知肚明的情况下用这个词。肯纳说,这一定是查尔斯叔叔自己的话,他白日做梦自己如何举足轻重,所以可能会用这个词("我赴一下外屋")。肯纳将之称为查尔斯叔叔原则。他故作神秘地说这是"小说中新出现的一个东西"。然而我们知道这可谈不上新。查尔斯叔叔原则不过是自由间接体的一个版本罢了。《死者》如此开头:"莉莉,看守的女儿,千—真—万—确把脚跑掉了。"但没人千真万确把脚跑掉。我们听到的是莉莉对自己说或者是对一个朋友说(还特别强调了那个最不准确的词,带着很重的口音):"噢窝千—真—万—阙把窝的脚跑掉了!"[1]

17

即使肯纳的例子略有不同,仍然谈不上新。18世纪的仿英雄体诗歌,笑点在于把史诗或《圣经》

---

[1] 原文为 Oi was *lit-er-rully* ron off me feet。——译注

的语言用到大不如前的主人公上。在蒲柏的《夺发记》中,白琳达梳妆台上的摆设被形容为"难以尽数的宝藏""印度闪闪发光的宝石""整个阿拉伯在那盒中呼吸",如此云云。这个笑话的一部分在于这种语言是那位大人——大人本身就是一个仿英雄体的词——形容她自己时可能会用的。笑话的其他部分则是这位大人如何渺小。好嘛,这不就是一种早期的自由间接体么?

在《傲慢与偏见》第五章开头,简·奥斯丁向我们介绍了威廉·卢卡斯爵士,曾任浪博恩的市长,被国王封为爵士,觉着自己对于小城来说是个太大的人物,必须搬到一座新的华屋高厦去住:

> 威廉·卢卡斯爵士过去在麦里屯做生意,赚了笔过得去的钱,任市长期间上书国王,受封为爵士。荣誉来得大概有些太猛烈,令他厌恶起生意,厌恶住在市井小镇。于是金盆洗手,背井离乡,举家搬到一幢距麦里屯一英里的房子,自那时起便赐名为卢府,身居其中,他便可自醉于一己之显要……

奥斯丁的讽刺在此就像叶芝诗中的长足虻一样翩然起舞:"赚了笔过得去的钱。"何谓,怎么才算,一笔"过得去"的钱?对谁过不去,对谁过得去呢?但这个仿英雄体的喜感主要还是落在"自那时起便赐名为卢府"。卢府已经够滑稽了,类似蟾宫(Toad of Toad Hall)或项狄府(Shandy Hall),我们也知道这房子本身可没有它押头韵的名字[1]那么华丽。而这句话浮夸好笑在我们可以想象威廉爵士对自己说:"从此时此刻开始,我将赐名此屋为卢府。啊,听上去可真是华美!"仿英雄体在这里几乎等于自由间接体。奥斯丁把语言递给了威廉爵士,但她还是尖刻地大局在握。

现代大师用仿英雄体的例子,如 V.S. 奈保尔写《毕司沃斯先生的房子》:"他回到家,调了些麦克连恩牌通胃粉,一饮而尽,然后宽衣解带,上床开读爱比克泰德。"那可笑而可悲的大写商标,那个爱比克泰德——蒲柏本人都不能写得再好了。可怜的毕司沃斯先生躺在怎样的一张床上呢?奈保尔故意不时提醒我们,那是一张"国王小憩之床":

---

[1] 卢府原文是 Lucas Lodge。——译注

这个叫法很对，这人在自己的脑袋里可能是一位国王、一位小小的神明，却永远被框死为"先生"。奈保尔一心要在整本小说里以"毕司沃斯先生"相称，本身就是一种仿英雄体的讽刺。"先生"本是最日常的敬称，而在一个贫穷的社会里，又是成就的同义词。我们可以说，"毕司沃斯先生"是一个浓缩的自由间接体，"先生"是他一厢情愿的自我定位，但他永远成不了一位先生，就像其他所有人一样。

18

佩内洛普·菲茨杰拉德的小说《蓝花》当中，有一个好笑的瞬间——这部宝石般的作品里有很多这种瞬间。菲茨杰拉德摆出一个喜剧性的对比，一边是狂热、自恋、浪漫的梦想家弗里茨·冯·哈登伯格（以德国诗人和哲学家诺瓦利斯为原型），另一边是他的朋友卡罗琳·尤斯特，她理智、清醒、很接地气。在18世纪末普鲁士的性别环境里，卡罗琳这种小女子的角色是家务助手，而弗里茨那种大男人的任务则是夸夸其谈解释世界：哲学、科学、诗歌和爱情。但狡猾的作者，召唤出她内心的简·奥斯丁，用讽刺的眼光打量这个场景："他滔滔不绝，倾倒心事。卡罗琳一会儿缝缝补补，一会儿去切过冬的香肠，但这些事都没有妨碍他说下去。切香肠的时候，卡罗琳知晓了世界并没有一步步走向毁灭，而是走向无限。她还被告知费希特哲学有哪些不足。"女人忙个不停，男人说个不停。但讽刺到底落脚在哪里呢？当然就是落在那个听上去很天真的动词"知晓"上面：卡罗琳切香肠的时候，知晓了世界正在走向无限。但她不是真的"知晓"，只是那个唾沫横飞、喜欢说教的老师如此告诉她罢了，这里头的差别可大了。你不可能在厨房里用短短几秒钟，就"知晓"如此宏大而抽象的"事实"。小说的其他地方，弗里茨一开口发表高论，总会引来女人们欢快而爽利的嘲讽。有一次，他宣称歌德小说里的女主人公之所以死去，是因为"世界不够圣洁，容不下她"。而卡罗琳辛辣地回答："她死是因为歌德不知道接下去怎么写。"我想我们可以推定，说"她知晓"也是在损弗里茨。这句话真正的意思是："有人告诉卡罗琳，卡罗琳也试图理解，但最后还是不理解，世界正走向无限。"所以这个动词也算自由间接体，在此的效果则是一种最纯粹最浓缩的反讽：其意思和字面完全相反。自由间接体有时候会给人说成是一种保守或老派的技巧[1]，但它隐然是一种激进的文学工具，因为它可以为作者写到纸上的文字添加反讽的阴影，等于倒转了明面上的意思。

19

关于自由间接文体还有最后一点需要补充——我们现在应该索性将其称为来自作者的讽刺——当作者的声音和人物的声音之间的裂隙彻底塌陷；当一个人物的声音似乎确实成功地反抗并完全接管了叙述。"小镇太小，还不及一个村，里面空空荡荡，住的几乎全是老人，死得太慢，令人气恼。"多棒的开头！这是契诃夫短篇小说《洛希尔的提琴》的第一句，第二句是："医院和监狱对棺材的需求也很小。简而言之，生意不行。"这一段接下去的篇幅为我们介绍了一个刻薄至极的棺材匠，我们意识到小说是从一个自由间接体的半当中开始的："里面空空荡荡，住的几乎全是老人，死得太慢，令人气

---

[1] 例如，参见詹明信的《现实主义的二律背反》。

恼。"我们在一个棺材匠的脑海中心,他认为长寿妨碍了赚钱。契诃夫颠覆了我们对小说开篇的客观预期,传统写法是在聚焦之前先给个大全景("N镇比一个小村还小,有两条破破烂烂的街道",如此等等)。乔伊斯在《死者》里把自由间接体钉在莉莉身上,而契诃夫在人物甚至还没登场以前,就用上了。乔伊斯放弃了莉莉的视角,先进入作者的全知视角,然后进入加百列·康罗伊的视角,契诃夫的故事则一直沿用棺材匠的眼光叙述下去。

或者更准确地来说,这个短篇小说更多是从一个合唱团而不是某个人的视角来写的。这个乡村合唱团看待生活的方式和棺材匠的残酷不遑多让——"病人不多,他不必久等,只要三个钟头"——但在棺材匠死后能继续观察世界。西西里作家乔万尼·维尔加(Giovanni Verga)(几乎是契诃夫的同代人)比他的俄国同行更有系统地使用这种乡村合唱式叙述。他的故事虽然从技术上讲是用作者全知第三人称写的,但又好像是从一个西西里农民群体里传出来的,里面充满谚语、公理和老乡的明喻。

我们把这叫作"无主自由间接体"。

20

作为自由间接文体在逻辑上的延伸,无怪乎狄更斯、哈代、维尔加、契诃夫、福克纳、帕韦泽、亨利·格林还有其他人使用种种明喻和暗喻,不仅本身很精彩很文学,同时也确实可能为他们笔下的人物所用。罗伯特·布朗宁描写一只鸟把同一支曲子唱了两遍,是为了"重温 / 第一遍时漫不经心的狂喜",他是一个诗人,用心寻找一个最具诗意的形象;而契诃夫在短篇小说《农民》里,说鸟叫声听上去就像一只被整夜关在棚里的母牛,他是一个小说家:他像他笔下的农民一样思考。

21

由此看来,叙事领域几乎没什么是自由间接体鞭长莫及、未曾染指的处女地——就是说,没被讽刺碰过。想想纳博科夫《普宁》的倒数第二章:颇具喜感的俄国教授刚刚举办了一个派对,就接到通知,他执教的学院不再要他了。他悲伤地洗着盘子,轧坚果的钳子从他涂满肥皂的手中滑落到水中,显然会把半浸在水里的一个很漂亮的碗砸碎。纳博科夫写那个钳子从普宁手中滑落,好像一个人从房顶上摔下来；普宁想要抓住它，但那个"颀长腿儿的东西"滑进了水里。"颀长腿儿的东西"在比喻意义上具有绝妙的相似性，我们可以马上看到那个固执的钳子腿很长，好像从房顶上摔落或是走开。但"东西"甚至更妙，正是因为它含糊其词：普宁正朝那件工具扑过去，英语里还有哪个词比"东西"（thing）更能表示一次混乱的扑救，一次口头的猛击？如果那个精妙的"颀长腿儿"是纳博科夫的词，那个无助的"东西"则属于普宁，纳博科夫在此用了自由间接体，可能根本不假思索。例行公事，若我们将其转回第一人称叙述，我们能听出来那个"东西"属于普宁并且想被说出来："到这儿来呀，你，你……噢……你这讨厌的东西！"扑通！[1]

---

[1] 纳博科夫擅长把比喻玩得华丽铺张，俄国形式主义者称之为"异化"或者陌生化（一个夹子长了腿，一把半卷的伞看上去像一只痛心疾首的鸭子，等等）。形式主义者喜欢托尔斯泰的做法，把成人的宏大事物，比如战争，比如歌剧，放到一个孩子的眼睛里，好令它们看上去很奇怪。不过形式主义者认为这种比喻的习惯很能说明，小说不反映现实，是一个自我封闭的机器（这种比喻是作者自己怪乎唯我的艺术明珠），我偏爱的比喻，就像普宁的"颀长腿儿的东西"，入木三分地指涉了现实：因为是从角色他们自己那里出发，是自由间接文体的结果。什克洛夫斯基在《散文理论》里大声设问，托尔斯泰是不是从法国作家如夏多布里昂那里学来的异化技巧，但是塞万提斯显然是更加可能的人选——当桑丘第一次来到（转下页）

22

看一个好作家犯错很有益处。太多优秀作家都绊在自由间接体上。自由间接体解决了很多问题,但也把叙述固有的一个根本问题变本加厉地暴露出来:这些词听上去到底是人物用的,还是作者用的?

当我写:"简透过愚蠢的泪水看管弦乐队演奏。"读者不难分清"愚蠢"这个词属于简。但是如果我写:"简透过黏稠的涨满的泪水看管弦乐演奏",两个形容词突然看上去很不舒服地属于作者,好像我要找到一种最花哨的方式去描述那些眼泪。

以厄普代克的小说《恐怖分子》为例。在该书第三页,他让主人公,一个名叫艾哈迈德的十八岁的狂热美国穆斯林,在一个虚化处理的新泽西小镇里步行上学。由于小说还没怎么开始,厄普代克必须想办法为人物建立特质:

(接上页)巴塞罗那,看到水里有很多桨,然后比喻化地把桨误当作脚:"桑丘不能想象这些行走于海上的庞然大物有那么多脚。"这是一个异化的比喻,作为自由间接文体的一个分支。它让世界看起来很奇特,但是让桑丘看上去很熟悉。

艾哈迈德十八岁。这是四月初，绿意又偷偷溜进来，一枝一芽地溜进这座单调之城的土缝里。他从一个新高度俯瞰，心想要是草间那些看不见的昆虫具有像他那样的意识，他就等于它们的上帝。去年他长高了三英寸，长到了六英尺——更多看不见的唯物主义者的力量，在他身上行使他们的意愿。他不会再长高了，他想，不论在今生还是来世。**若真有一个来世的话**，心中有个魔鬼在嘀咕。除了先知光耀夺目的神启之词，还有什么证据表明确有来世？来世藏在哪里？谁会永远守着地狱的锅炉添加柴火？怎样的一个无限能量之源能维持富裕的伊甸园？喂饱里面黑眼睛的美女们，让枝头为饱满的果实压弯，补充溪流和飞溅的喷泉，而上帝在其中，按照《古兰经》第九章的描述，永享极乐？热力学第二定律怎么办？

艾哈迈德走在路上，四处张望，一边思索：这是典型的后福楼拜小说里的行为。最初几行字不过是例行公事。接下去厄普代克想把思绪转向神学，所以安排了一个不自然的过渡："他不会再长高了,他想,不论在今生还是来世。若真有一个来世的话,心中有个魔鬼在嘀咕。"这看上去不太可能,一个学生在想去年长高了多少,会想:"我不会再长高了,不论在今生还是来世。""还是来世"放在这里,主要是为了给厄普代克一个机会,好去写伊斯兰教概念里的天堂。我们刚进去四页,一切跟随艾哈迈德自己声音的企图都白费了:词法、句法和抒情风格都是厄普代克的,不是艾哈迈德的("谁会永远守着地狱的锅炉添加柴火?")。倒数第二句话露了馅:"上帝在其中,按照《古兰经》第九章的描述,永享极乐。"作为对比,亨利·詹姆斯多么愿意让我们代入梅茜的头脑,把多少意思挤压进一个词"说来尴尬"里。而厄普代克对于进入艾哈迈德的头脑缺乏信心,更关键的是,对于让我们代入艾哈迈德的头脑缺乏信心,所以只好在他的心灵之地拼命插上作者的大旗。所以他必须准确指出到底哪一章谈及上帝,艾哈迈德当然知道出处,却绝无必要自我提醒。[1]

---

[1] 只要把这段叙述转成基督教版本,我们就能看出厄普代克和他的人物多么疏远。想象有一个基督教青年走在路上,突然开始想:"他的意志是否必得实现,正如主祷词的第四行里说的那样?"自由间接体就是为了绕开这种笨拙。

23

一方面,作家希望用自己的声音,希望掌控个人的文体;另一方面,叙述屈从于它的人物和人物的言谈习惯。这种矛盾在第一人称叙事中最尖锐,第一人称叙事基本上就是一个讨巧的骗局:叙事者假装对我们说话,实际上我们是在读作者写的东西,我们兴致勃勃地给骗得团团转。即使福克纳《我弥留之际》的叙事者们也很少听上去真的像孩子或文盲。

但第三人称叙事中也同样绷着这根弦:在利奥波德·布鲁姆的意识流当中,他注意到地沟[1]"冒着疲软的黑啤酒味"(the flabby gush of porter)[2],能欣赏饭店里"嗡嗡作响的叉尖"(the buzzing prongs)[3],没有谁真会认为那是布鲁姆办到的吧——还用这么漂亮的词?这些精湛的体察和优美确切的词语是乔伊斯的,读者必须签订协议,接受

---

[1] 乔伊斯原文写的是地窖里的酒,本书作者在此写的是倒入地沟的酒,似有出入。——译注
[2] 这个译法选自金隄译本。——译注
[3] 这个词组的译法选自金隄译本。另外原著前文提到,这不是吃饭用的叉子,而是之前调音师遗落的音叉。——译注

布鲁姆有时候听上去像布鲁姆，有时听上去更像乔伊斯。

这和文学本身一样古老：莎士比亚的人物听上去惟妙惟肖各具特色，但也总是很像莎士比亚自己。其实不是康华尔把葛罗斯特的眼睛叫成"可恶的浆块"，然后把它挖了出来——虽然是康华尔说出来的——但其实是莎士比亚提供了这个说法。

24

当代作家之中，大卫·福斯特·华莱士力图把这根弦绷紧到无以复加的地步，他的笔法埋在人物声音内部，又凌驾其上，擦去人物的痕迹，为的是探讨更为宏大，亦可说更为抽象的语言问题。以下段落来自他的小说《痛苦频道》，他再现了曼哈顿媒体圈那种乱七八糟的行话：

> 助理编辑提到的另一篇《风格》稿子是讲"痛苦频道"，一个广域有线电视试验节目，阿特沃特已经让劳瑞尔·曼得雷去做个暗访并且直接指派总编手下的顶尖实习生去弄世界风云（WHAT IN THE WORLD，以下简称"世风"）

版块。阿特沃特是三个拿全薪搞世风的员工之一,每周出四分之三个社论版,是BSG周刊里面最像怪咖秀、最八卦的,是非之争一直蔓延到《风格》的最高层。从人员规模和大号字体来看,思齐普·阿特沃特正式的合同是每三周写一篇400字的文章,但是世风组里的小年轻现在只坐半天班,因为艾克沙夫特-博德命令安格尔夫人削减名人报道外的一切预算,所以实际情况更接近每八周写三篇。

这是我所谓"无主自由间接体"的又一实例。正如在契诃夫的小说里,语言盘旋在人物(记者阿特沃特)视角的上面,其实是某种"乡村合唱团"在发声——用的是一种混合的语言,如果某个特定的团体在讲述故事,我们预估他们会使用的那种语言。

25

在华莱士的例子里,无主叙事的语言相当扎眼,有时不忍卒读。契诃夫和维尔加就没有类似问题,因为他们身处的环境,没有劈头盖面的大众传媒话语。而在美国，情况大为不同：德莱塞在《嘉丽妹妹》（1900年）、辛克莱·刘易斯在《巴比特》（1923年）中小心翼翼地完整重现了广告、商业信函和传单，这些是他们希望以小说手段记录下来的东西。

因此当代写作天生要冒赘述之险：为了再现一种降格的语言（你的人物可能使用这种降格的语言），你必须有心在文本中使用这种烂糊的语言，甚至可能彻底将你自己的语言"降格"。品钦、德里罗和大卫·福斯特·华莱士，某种程度上可算刘易斯的继承人（也许仅止于这个方面）[1]，而华莱士全情投入，将戏仿推演到底：他可不怕用前文所引的风格写上二三十页。他的小说勇于拷问美国语言腐坏解体的问题，他无惧于自己的文体随之腐坏、随之烦乱，为的是让我们和他一起在语言中体验这个美国。"这是美国，你住在里面，你让它出现。你让它壮大。"品钦在《拍卖第四十九批》里如是写道。惠特曼将美国称为"最伟大的诗"，但若确

---

[1] 意思是，他们在某种程度上都是老派的美国现实主义作家，即便他们有后现代的招牌：他们的语言全方位地模仿了美国的语言。

然如此,美国对于作家来说存在模仿的危险,作家必须吹胀自己的诗,以和最伟大的诗——美国——竞争。奥登在他的诗歌《小说家》中很好地将这个具有普遍意义的问题勾勒出来:诗人可以像骑兵一样飞奔,但小说家必须慢下来,学会"朴素和笨拙",必须"变得无聊至极"。换言之,小说家的任务是去成为、去扮演其所描述的,即使那东西本身降格、粗鄙、无聊。大卫·福斯特·华莱士很擅长变得无聊透顶;一个理所当然的成就。

26

小说中总有一种基本的紧张关系:我们能否把作者的看法和语言同人物调和在一起?如果作者和人物完全融合为一,就像前面华莱士的段落,我们得到的,不妨说,就是"无聊至极"——作者腐坏的语言是在模仿现实中存在的那种腐坏的语言,我们对之耳熟能详,实际上避之唯恐不及。但如果作者和人物分得太开,像厄普代克的那段,我们感到文本上面有一股分离的凉意,开始讨厌文体作者过度"文学化"的手腕。厄普代克代表唯美主义者(作者越俎代庖);华莱士是反唯美主义者(一切以人物为要）；但两者其实都出于同一种美学抱负，说到底就是费尽周折展现风格。

27

小说家总是要用至少三种语言写作。作家自己的语言，风格，感性认识，等等；角色应该采用的语言，风格，感性认识，等等；还有一种我们不妨称之为世界的语言——小说先继承了这种语言，然后才发挥出风格，日常讲话、报纸、办公室、广告、博客、短信都属于这种语言。在这个意义上，小说家是一个三重作家，而当代小说家尤其感受到这种三位一体的压力，因为三驾马车里的第三项，世界的语言，无所不在，侵入了我们的主体性，我们的隐私，亨利·詹姆斯曾经认为这种隐私是小说最好的采石场，并（用他自己的三元论）称其为"触手可及的此刻-私密"（the palpable present-*intimate*）[1]。

---

[1] 亨利·詹姆斯《书信选集》，致 Sarah Orne Jewett，1901 年 10 月 5 日。

28

另一个小说家盖过人物的例子(简短地)见于索尔·贝娄的《只争朝夕》。汤米·威廉是一个失业的销售员,倒霉透顶,审美与智识平平,正焦虑地盯着曼哈顿商品交易所的大屏幕。他旁边是一个老手,名叫拉普帕·波特,抽着雪茄。"一段长而完整的灰成形于雪茄末端,叶子的白色幽灵蕴含了它全部的脉络和淡去的辛辣。老头对它的美视而不见。因为它是美的。威廉也遭受了同样的忽视。"

这一段华丽悦耳,是贝娄和现代叙事的典型。小说放慢脚步,把我们的注意力引到一个潜藏的遭受忽视的表面或纹理上面——这是"描述性暂停"[1]的一个例子,我们应很熟悉,小说情节忽然停住了,而作者跳出来说:"现在我想告诉你们 N 镇的故事,它位于阿尔卑斯山脚下",或者"杰洛米的房子是一幢又大又黑的城堡,矗立在方圆五万英亩的富饶牧区之中"。但同时这个细节显然并非作者亲

---

[1] 这是热拉尔·热奈特(Gérard Genette)的说法,出自《叙事话语》(*Narrative Discourse: An Essay in Method*),Jane E. Lewin 翻译(1980)。

眼所见——或者不仅仅为作者所见——而是由一个人物所见。这是贝娄摇摆不定的地方,他承认现代叙述特有的焦虑,并且知道现代叙述对此往往避而不谈。烟灰受到了注意,接着贝娄评论说:"它的美老头视而不见。威廉同样是美的,因而也同样遭到忽视。"《只争朝夕》是用贴得很紧的第三人称叙述写的,自由间接文体多出自汤米的视角。这里贝娄似乎在暗示,汤米注意到了灰,因为那灰很漂亮,而汤米本人也同样被老头所忽视,因此能推出汤米在某种程度上也是美的。但事实上贝娄告诉我们这个,显然是给我们潜在的反对意见让步:汤米如何及为何会注意到烟灰,并且如此观察入微,用出这些漂亮文字?对此,贝娄其实不无焦虑地回答:"好吧,你们也许觉得汤米可能无力弄得这么精致,但他确实注意到了美的事实:那就是因为他本人在某种程度上也是美的。"

29

作家风格和笔下人物风格的冲突在以下三个因素齐集时最为激烈:一个很卖力的卓越的文体家,比如贝娄或乔伊斯;而这位文体家又致力于跟随笔下人物的所知所思（这通常借助自由间接文体或它的后裔，意识流来完成）；同时该文体家对描述细节特别有兴趣。

文风，自由间接体，细节：我已经谈到了福楼拜，他的作品挑起又解决了这种紧张关系，实为开山祖师。

福楼拜和现代叙述

30

不管你怎么看福楼拜（我对他的爱和恨同样强烈），小说家感谢福楼拜，当如诗人感谢春天：一切从他重新开始。确实得分成福楼拜前和福楼拜后两个时期。不管是福是祸，福楼拜一手建立了大多数读者所知的现代现实主义叙事，他的影响我们太熟悉，以至于熟视无睹。我们评价好的行文，须颇费周章地说它具备生动鲜活的细节；说它表现出高超的观察能力；它能保持一种不感情用事的沉稳，像个好男仆一样知道何时从多余的评论中抽身而退；它对善恶保持中立；它发掘真相，即使会令我们厌恶；而作者印在一切之上的指纹，悖论般既有迹可循又无影无踪。以上几点有些你能在笛福、奥斯丁和巴尔扎克那里找到,但要找全所有,只能等到福楼拜了。

以这个段落为例,《情感教育》的主角弗雷德里克·莫罗在拉丁区闲逛,感受着巴黎的声色:

> 他悠闲地漫步于拉丁区,平常熙来攘往,此时却空空荡荡,因为学生们都已回家了。学院的高墙看上去前所未见地森然,好像安静把它们变得更长了;能听见各种平和的声响,翅膀在鸟笼里扑扇,车床在转,补鞋匠挥着榔头;一些卖旧衣服的人站在街道中间,满怀期待而又徒劳地看着每一扇窗户。在冷清的咖啡馆后面,吧台后的女人在她们没碰过的酒瓶之间打哈欠;报纸没有打开,躺在阅览室的桌子上;洗衣女工的作坊里衣物在暖风中抖动。他不时在书报摊驻足;一辆马车冲下街擦过人行道,令他回头一看;走到卢森堡后他沿路折返。

这出版于 1869 年,但也可能出现在 1969 年;很多小说家听上去还是基本差不多。福楼拜似乎漫不经心地扫视着街道,好像一架摄影机。正如我们看电影时,我们不再注意到什么被排除在外,什么处于摄影机的边框之外,所以我们不再注意到什么是福楼拜选择不去留意的。我们也不再意识到他的选择当然不是随机扫视,而是精挑细选,每个细节几乎都被一道中选之光定格。这些细节多么出色,又多么精彩地孤立——女人打哈欠,报纸合着,衣物在暖风中颤抖。

31

我们之所以,在一开始,没有注意到福楼拜对于细节的精挑细选,是因为福楼拜很花了一番工夫把这种工作在我们眼皮底下藏起来,他还喜欢把到底是谁在观察一切这个问题藏起来:福楼拜抑或弗雷德里克?福楼拜对此有很直接的表述。他希望读者面对着一堵他所谓的,由表面上没有个人色彩的行文组成的墙,细节像生活中一样自动聚到一起。"作家在作品中必须像上帝在宇宙中那样,无处不在又无影无踪。"他在一封1852年的信里写下了著名的言论。"艺术是第二自然,这种自然的创造者必须遵循一种类似的程序:在每一个原子中,在每一个方面,都能感受到一个隐藏的、无限的无动于衷。而之于观者的效果必是一种惊奇。这到底是怎么做出来的!"

为达此目的,福楼拜完善了一个对现实主义叙述至关重要的技巧:将惯常的细节和变化的细节混合起来。显然,在那条巴黎的街道上,女人打哈欠的时间在长度上不可能和衣物在风中颤抖、报纸放在桌上的时间相等。福楼拜的细节分属不同的拍号(time signature)[1],有些是即时的,有些是循环往复的,但它们都被一抹平地放在一起,好像是同步发生的一样。

其逼真效果,是一种精美的人为操作的结果。福楼拜设法将一切细节都变得既重要又无关紧要:重要的原因在于,它们受到他的注意,被他写到纸上,而无关紧要的原因在于,它们杂乱地堆砌在一起,在眼角之外;它们"像生活一样"扑面而来。此即现代叙事之滥觞,例如战争报道。犯罪小说家和战地记者不过是把重要和不重要细节之间的对比

---

[1] 音乐术语,规定了音符的类型和持续时间,也译为"时值标记"。——译注

推向极致，将其转化为骇人和日常之间的张力：一个士兵死了，而不远处一个小男孩正去上学。

32

相异的拍号自然并非福楼拜的发明。永远有某些人在做某些事，而别的什么事正在发生。《伊利亚特》第二十二卷里，赫克托耳的妻子在家中为他温洗澡水，但他实际上已在不久之前战死了；奥登在《美术馆》中称赞勃鲁盖尔，因为画家注意到伊卡洛斯坠落的同时，水面上正有一艘不紧不慢的船，无知无觉。伊恩·麦克尤恩《赎罪》中敦刻尔克一节，主人公，一个英国士兵，在一片混乱与死亡中撤往敦刻尔克，看见一艘驳船经过。"在他后面，十里之外，敦刻尔克一片火海。而眼前，在船头，两个男孩弯着腰摆弄一架倒过来的自行车，可能是在补轮胎。"

福楼拜与前面的例子有点不同，在于他并置短期和长期事件的法门。勃鲁盖尔和麦克尤恩描述的是，在同一个时间里发生了两件很不同的事；而福楼拜设定的是一种时间上的不可能性：眼睛——他的眼睛，或弗雷德里克的眼睛——好像在一瞥之间，便能尽收那些以不同速度发生于不同时间的情感和事件。在《情感教育》中，1848年革命席卷巴黎，士兵朝所有人开火，一切陷入大乱："他一路奔到伏尔泰码头。一个穿长袖衬衫的老人开着窗户哭泣，他抬眼看着天空。塞纳河平静地流过。天是蓝的；鸟儿们在杜伊勒利宫里鸣唱。"又一次，窗口老人一次性的事件被扔进一堆更长期的事件之中，好像它们本来就同属一处。

33

从这里迈出一小步，就是战争报道中常见的处理手法，将可怕与日常一视同仁。小说中的主角和/或作者同时注意到两者——而在某种程度上两种体验之间没什么重大差异：一切细节都令人麻木，又都令窥者心惊。再来，还是《情感教育》：

> 俯瞰广场的每一扇窗都在开火；子弹在空中呼啸而过；喷泉被打穿了，而水混着血，四散开来，在地上坑洼处积成一摊一摊。人们踩着衣服、军帽和武器，在泥泞中滑倒；弗雷德里克感到脚下有什么软绵绵的；那是一位

穿灰大衣的中士的手,他脸朝下趴在水沟里。更多工人成群结队赶来,把士兵逼往警卫队队部。火力更猛了。酒商的店铺开着,不时有人进去抽一斗烟,喝一杯啤酒,再回去战斗。一只流浪狗开始嚎叫。引来笑声。

这一段中令我们深深体会到现代性的是"弗雷德里克感到脚下有什么软绵绵的;那是一位穿灰大衣的中士的手"。首先是冷静而可怕的预期("有什么软绵绵的"),然后是冷静而可怕的确认("那是一位中士的手"),书写拒绝卷入到所写内容的情感之中。伊恩·麦克尤恩在敦刻尔克一节里有体系地使用同一种技巧,斯蒂芬·克莱恩(Steven Crane)亦然——他读过《情感教育》——他写的《红色英勇勋章》里面:

一个死人看着他,那人坐在地上,背靠一棵圆柱似的大树。尸体身上穿的是一件原本应为蓝色的制服,现在褪色成一片惨绿。那双盯着年轻人看的眼睛,黯淡无光,好像从侧面看到的死鱼眼睛。嘴张着。嘴的红色已变成吓人的黄。灰不拉几的脸皮上有一些小蚂蚁爬来爬去。其中一只正沿着上唇慢慢滚着一捆什么东西。

这甚至比福楼拜更为"电影化"（当然电影里的这个技巧偷师于文学）。里面有平静的恐怖（"好像从侧面看到的死鱼眼睛"）。有类似推拉的镜头运动，离尸体越来越近。读者正一步步走向恐怖，而与此同时行文却一步步抽身而退，坚决地抵制着情绪。这里还有一个对于细节的现代性迷恋：主人公好像能注意到那么多东西，把一切都记录下来！（"其中一只正沿着上唇慢慢滚着一捆什么东西。"我们实际上能看到那么多东西吗？）还有不同的拍号：尸体永远是死的，但在他脸上，生命继续：蚂蚁们忙忙碌碌，对人类的死亡无动于衷。[1]

---

[1] 爬在脸上的蚂蚁在电影语法里是一个陈词滥调，想一想那些蚂蚁爬在布努埃尔《一条安达鲁犬》里的那只手上，或者爬在大卫·林奇《蓝丝绒》开场的那只耳朵上。

福楼拜和浪荡儿的兴起

34

福楼拜能归置不同的拍号，原因在于法语动词让他能用未完成过去时来表达零散的事件（"他在扫马路"）和反复的时间（"他每周都扫马路"）。英文更为笨拙，我们必须用"他过去正在做某事"或"在过去他将做某事"或"他曾经常做某事"——"每星期他都会扫马路"——来准确地翻译重复性的动词。但我们一在英文里这么干，马上就玩不下去了，已经承认了有不同时态的存在。在《驳圣伯夫》里，普鲁斯特英明地指出了这种对不完全过去时的使用是福楼拜的伟大发明。福楼拜开创现实主义新风格，是基于他对眼睛的使用——作者的眼睛，人物的眼睛。我说厄普代克的艾哈迈德，走在大街上注意到种种事情，产生种种想法，是一种典型的后福楼拜小说的行为。福楼拜的弗雷德里克是后世所谓浪荡儿的先驱——浪荡儿：一个游手好闲的人，通常是个年轻的小伙儿，不慌不忙地走在街上，观察，张望，思索。我们知道这类人，来源是波德莱尔、里尔克的自传性小说《马尔特手记》，还有瓦尔特·本雅明写波德莱尔的文章。

35

这个人物本质上是作者的替身，是作者渗透进来的侦查员，不由自主地为各种印象所淹没。他进入世界，就像诺亚的鸽子，带回消息。作者侦查员的兴起和都市主义的兴起密切相关，一个人类的大杂烩扔向了作家——或受指派的观察者——数量庞大，种类繁多到晕头转向的细节。简·奥斯丁本质上是一个乡村作家，而伦敦一如其在《爱玛》中的形象，不过是海盖特的村庄。她的女主人公们鲜少优哉漫步，随便看看，随便想想：她们所有的思考都直接指向近在咫尺的道德问题。但是当华兹华斯，大约在奥斯丁写作的同一时间，写下《序曲》

中的伦敦,他听上去就很像浪荡儿——像一个现代小说家:

> 在这里一列列纸条写着情歌悬垂于死气沉沉的墙,
> 巨幅广告,在高处
> 五彩缤纷地压入眼帘……
> 一个东游西荡的跛子,乘坐一只截短的桶,
> 两只手发出笨重的脚步声……
> 一个喜欢晒太阳的单身汉,
> 一个无所事事的军人,还有一位女士……
> 意大利人,他的风景画
> 高举在头顶;腰上别着篮子的
> 犹太人;表情严肃脚步缓慢的土耳其人
> 臂膀下面夹着一叠拖鞋。

华兹华斯接着写道,如果"随便看看"令人厌倦,我们可以在人群中找出"人类的每一个样本":

> 通过由那阳光赋予的每一种颜色
> 还有每一种体形和脸蛋

> 瑞士人,俄罗斯人;来自可亲的南方的
> 法国人和西班牙人;来自遥远的美洲的
> 美国人,印第安猎人;摩尔人,
> 马来人,东印度的水手,鞑靼人和中国人,
> 而黑人妇女穿着穆斯林的宽宽大大的
> 白袍。

注意华兹华斯在此如何像福楼拜一样按自己的意愿调节观察的镜头:我们看到有几行是概括性的分类(瑞典人,俄罗斯人,美国人,等等),但我们止于一个突如其来的颜色上的鲜明对比:黑人妇女穿着穆斯林的宽宽大大的白袍。作者的镜头推拉随心,但这些细节,虽然在焦点和强度上各有不同,却推到了我们眼前,好像赌场庄家一挥手杖,面前垒出一座小山。

36

华兹华斯自己观察着伦敦的方方面面。他是一个诗人,写的是他自己。小说家也希望记录下如此这般的细节,但在小说里却很难像个抒情诗人那么干,因为你必须通过其他人来写,这么一

来我们就回到了小说中最基本的矛盾：到底是小说家看见这些事的呢，还是人物看见的？前面《情感教育》里的第一段，福楼拜为巴黎设置了一些不错的场景，读者会假定弗雷德里克的眼睛也许看到了段落中的一些细节，而福楼拜却用心中之眼尽收全盘；抑或，整段话都是用一种宽松的自由间接体写的，假定是弗雷德里克注意到了福楼拜吸引我们去看的一切，是他把我们的注意力转到——没有翻开的报纸，打哈欠的女人等等上面？福楼拜的创新之处，就是让这个问题变成多余，把作者和浪子彻底搞混，读者下意识地就把弗雷德里克提到福楼拜的文体水平：我们觉着两者应该都很会观察事物，这就结了。

福楼拜之所以需要这么干，原因在于他是一个现实主义者，也是一个文体家，是一个记者，也是一个未能如愿的诗人。现实主义者希望大量地记录，用巴尔扎克的方式招呼巴黎。但文体家不满意于巴尔扎克式的一锅炖，文体家希望为翻滚的细节赋予秩序，将其化为无可挑剔的句子和形象；福楼拜的文字展现出，将散文变成诗歌的功夫。[1] 福楼拜可谓一大拐点，身处后福楼拜时代，现在我们基本上同意，一个华丽的文体家落笔难免会超越笔下人物的能力（如我们从厄普代克和华莱士例子中所见）；或者他们会指定一个代理人：亨伯特·亨伯特发过著名的声明，说自己文笔花哨，显然是为了解释他的创造者那过于华美的写法；贝娄喜欢告诉我们，他的人物都是"第一流的观察家"。

37

等到20世纪30年代，在克里斯多夫·伊舍伍德（Christo-pher Isherwood）那样的小说家手里，福楼拜的革新已经变成了一项打磨得闪闪发亮的技术。1939年出版的《再见柏林》，开头有一个著名的声明："我是一架开着快门的照相机，相当冷漠，

---

[1] 巴尔扎克式现实主义和福楼拜式现实主义的不同分为三个层面：首先，当然巴尔扎克在小说里也看到大量的事物，但强调的始终是数量庞大而不是精挑细选。第二，巴尔扎克并不特别在意自由间接体或者作者的不介入，而是很乐意以作者/叙事者的身份打断叙述，插进论文、离题话以及一点社会信息。（这方面他确凿无疑地属于18世纪。）第三，在前两点的基础上，巴尔扎克没有一种明确的福楼拜式的兴趣，去模糊到底是谁在看这所有的一切。由于这些原因，我认为并非巴尔扎克，而是福楼拜真正堪当现代小说叙事的奠基人。

只记录,不思考。记录在对面窗口刮胡子的男人,还有穿着和服洗头的女人。未来某天,这一切都会被冲洗出来,精心晒印,定影。"伊舍伍德这段给场景定调的宣言做得不错,放在了章节名为《诺瓦克一家》的开头:

> 通往瓦瑟托斯特拉斯[1]的入口是一个巨大的石拱门,有点老柏林的感觉,身上涂抹着纳粹的十字架,外面贴满提供拍卖和犯罪信息的小广告。这是一条又长又破的石子路,到处有流着眼泪的小孩爬来爬去。那些穿羊毛衫的青年人,骑在运动自行车上,摇摇摆摆地绕圈穿行,朝手里拿着牛奶罐的女孩子们高声叫喊。人行道上用粉笔画出了游戏格子,游戏的名字叫"天堂和尘世"。在最后面,如同某种高大的、锋利得很危险的红色器具,矗立着一座教堂。

伊舍伍德对一堆随机细节的处理,甚至比福楼

---

[1] Wassertorstrasse,柏林地名,在圣西蒙教堂附近。——译注

拜更碎片化,但同时又比福楼拜更卖力地将这种随机性掩饰起来:这正是你所指望的,将一种文学风格形式化,这种风格在七十年前显得极端,现在已经有点降解为熟门熟路的规范写作——实际上是一套易于上手的规则。伊舍伍德装成一个只做记录的照相机,好像不过是向瓦瑟托斯特拉斯投去淡然一瞥,他说那里有一道拱门,有一条孩子跑来跑去的街,一些年轻人骑着自行车,一些女孩手里拿着奶罐。不过是匆匆一瞥。然而,亦如福楼拜,而且更加武断的是,伊舍伍德执意要动态行为慢下来,并且把习惯性的场景定格。街上可能一直有小孩跑来跑去,但他们不可能老是"流着眼泪",与此类似,绕着圈的年轻人和走在路上拿着牛奶的女孩,是当作惯常的配套景致来呈现的。另一方面,破烂的广告单和画着孩子游戏格子的地面给作者从平静的状态中拎出来,临时弄出响动:突然间朝我们闪烁起来,但它们同孩子和年轻人分属不同的拍号。

38

这个段落写得不错,越读越不像"生活的切

片",或者照相机随手扫拍,而是像一场芭蕾。这个段落以一个入口开场:这是那一章的入口。提及纳粹的十字架,引入了一种威胁的意味,这在下文得到补充,即嘲讽似的提到广告单在宣传"拍卖和犯罪":这也许是商业性的,但却惹人不适,接近于政治涂鸦——毕竟,拍卖和犯罪不就是那些政客所干的勾当?他们卖给我们东西,并且犯下罪行。纳粹的"十字架"巧妙地叫我们联系到孩子们名为"天堂和尘世"的游戏,也联系到教堂,除此以外,在一片威胁氛围中,所有事物都颠倒了:教堂看上去不像教堂,而是像某种红色器具(一支笔、一把刀,或者一种刑具,"红"在这里代表血和极端政治),而十字架已经被纳粹占为己有了。想到这种颠倒,我们明白了为什么伊舍伍德要在段落的开头写纳粹的十字架,在结尾写教堂:每样东西都在短短几行里互换了位置。

39

那么叙事者信誓旦旦向我们保证,只做一架照相机,相当冷漠,只记录不思考,是一种欺诈么?只不过要这样算起来,鲁滨逊·克鲁索声称要讲一个真实的故事,也是一种欺诈:读者乐得抹去作者的痕迹,好去相信两种更深的虚构:叙事者好像"真的在那里"(事实上伊舍伍德在20世纪30年代确实住在柏林),还有叙事者其实不是一个作家。不如这么说,福楼拜的浪荡儿传统试图确立的是,叙事者(或作家指派的侦查员)同时是某种作家又并非真的是一个作家。具有作家气质而不以此为业。是作家,因为他大量观察,且细致入微;不是作家,因为他并不花任何力气去写出来,而且其实也没比你我看到更多东西。

用这种方法解决作家文体和人物文体之间的紧张关系,提出了一个悖论。它实际上在说:"我们现代人都变成了作家,都有一双明察秋毫的慧眼;而这并不意味着生活其实真的那么'文学',因为我们不必太担心所见的细节究竟如何落到纸上。"作家风格和人物风格间的紧张局势由此消失了:用文学手段让文学风格消失。

40

福楼拜式的现实主义,像大多数小说一样,既栩栩如生又人工雕琢。栩栩如生是因为,那些细节真的很能打动我们，尤其是在大城市里，它们深深打上了随机性的烙印。而我们确实在不同的拍号里存在。假设我正走在街上，我留意到很多声响，很多活动，一辆警车鸣笛，一幢房子推倒，店门的开合发出摩擦声。不同的脸和身体如潮涌来。我经过一个咖啡馆，和一个独坐的女人眼神相接。她看着我，我看着她。一个无意义的瞬间，隐约有大都市里人与人若即若离的情愫，但那张脸令我想起一位故人，那女孩有着一模一样的黑发，我的思绪随之流淌。我继续往前走，但咖啡馆里那张特别的脸在我的记忆中闪耀，定格在那里，暂时地保存起来，而我身边的种种声响和活动并未有此待遇——它们在我的意识里来去匆匆。那张脸，你可以说，以4/4拍演奏，而城市的其他部分哼着更快的6/8拍的曲子。

人工雕琢则在于对细节的选择。生活中，我们左顾右盼，东张西望，其实却不过是一架徒劳的照相机。我们有广角镜头，必须把扑面而来的一切尽收其中。记忆为我们做出筛选，但却不是文学叙述的那种筛选。我们的记忆缺乏美学天赋。

41

因此,现实主义既是天成又是人造。生活与艺术,照单全收与精挑细选,照相和绘画,两套逻辑在同时拉扯它,至今仍然充满张力。欲知当代小说家如何灵敏地利用这些张力,只要看看泰居·柯尔的《开放城市》。柯尔的叙事者,朱利叶斯,是一个年轻的美国知识分子,德国和尼日利亚的混血儿。他在纽约游荡,见见世面、听听故事、放飞思绪。朱利叶斯是21世纪的浪荡儿,满脑子都是罗兰·巴特、爱德华·萨义德、奎迈·安东尼·阿皮亚——他善于观察和阅读,更是一个极好的倾听者。混血的出身令他极为敏感,所以他专门寻找那种在社会上遭到忽视、政治上没有声量的人物和故事,他交谈的对象里,有黎巴嫩难民、海地擦鞋匠、愤怒的摩洛哥知识分子。他悲天悯人、将心比心、学识渊博、思想开明,几乎就是我们的理想版本。但他也在叙述自己的故事,而小说渐渐揭露他是一个不可靠的叙事者。我们开始看到,他并不像自以为的那样富有同情心。他为自己的自由主义立场和敏锐的观察力而沾沾自喜,却忽视了自己生活里的所作所为也会给别人带来不便,甚至伤了别人的心。朱利叶斯可以好好倾听黎巴嫩难民,却粗鲁地对待黑人出租车司机;他在比利时找到了一个摩洛哥的知识分子,心满意足,完全不知道在纽约,他邻居的妻子,几个月前就去世了。

柯尔激活了浪荡儿现实主义,把大快朵颐和食不厌精之间的张力,转换至道德和政治的领域。在美学或文学的领域,浪荡儿的张力在于情不自禁地记录和有选择地表现之间(在电影和绘画之间)。而在道德和政治的领域,这种张力则如此呈现:我们应该关注什么,我们到底忘记或忽视了多少东西?我们看见之后又该如何行动?倾听黎巴嫩难民的问题固然很好,但如果我并不做什么事情去帮助他、改变他的政治环境,那么也许我只是一个饱读诗书的浪荡儿,一个不担任何道义的福楼拜小说的人物。从道德的角度来说,也许生活,就是这么一个不幸的留意和忽视的过程。而作为柯尔的读者,我们会看见朱利叶斯在道德和政治上的疏失,抑或选择视而不见?我们读《开放城市》,合上书,接下去是否一仍其旧,还是那么浮光掠影地看待这个世界?我们会不会变成那种文本本身的浪荡看客?

细　节

"只能如此：只有通过细节我们才能理解本质，这是书本和生活教会我的。一个人必须掌握所有细节，因为他永远不知道其中哪些是重要的，哪些词会在物的背后发光……"[1]

42

1985年，登山运动员裘·辛普森身处海拔21000英尺的安第斯山脉，从冰岩上滑落，摔断了腿。他系着绳索无助地荡在半空，同伴已经离开，留下他等死。在他脑海里，莫名其妙，出现了波

---

[1] 马洛伊·山多尔，《烛烬》。

尼·M合唱团（Boney M.）的歌《台上的褐色女孩》（Brown Girl in the Ring）。他从来没喜欢过那首歌，一想到竟要在这个背景音乐里等死就不禁怒火中烧。

在文学中，亦如在生活中，死亡常常伴随着明显不搭界的东西，福斯塔夫痴痴念叨着绿色田野，巴尔扎克笔下的吕西安在自杀前注意到建筑的细节（《烟花女荣辱记》），《战争与和平》中安德烈公爵临终前躺在床上梦见一段琐碎的对话，《魔山》里的约阿西姆在毯子上挥动手臂，"好像他在收拢什么东西一样"。普鲁斯特认为这种无关性将永远伴随我们的死亡，因为我们永远没准备好去死。我们从没想过自己会死在"这样的一个下午"。相反：

> 某君坚持每日外出，这样一个月内就能得到足够多的新鲜空气；某君犹豫该穿哪件外套，叫哪个车夫；某君坐在车上，整整一天的时间摆在面前，却截短了，因为必须早点回家，有朋友要来；某君希望明天一样好；某君从没想过，死神正在他的另一个位面上悄然而来，选择了这一天来露面，仅仅再过几分钟，基本上就在

马车抵达香榭丽舍大街的那个时候。[1]

一个与裘·辛普森经历类似的例子发生于契诃夫《六号病房》的结尾。拉金医生已奄奄一息："一群鹿，体态优雅，特别漂亮，他昨天在书里读到过的那种，从他身旁跑过；然后一个农妇向他伸出手，手里有一封挂号信……米哈伊尔·阿韦良内奇说了什么。接着一切都消失了，安德烈·叶菲梅奇永远失去了意识。"拿着挂号信的农妇是有点太"文学"了（无情收割者的召唤之类的），但那群鹿！

契诃夫的简洁太迷人了，他深居于人物脑海之中，不说："他想起了他以前读到过的鹿"或者甚至是"他在心中看见了读到过的鹿"，而仅仅平静地说出鹿"从他身旁跑过"。

43

1941年的3月28号，弗吉尼亚·伍尔夫往口袋里填满石块，走入乌斯河。她的丈夫，莱昂纳德·伍尔夫，具有强迫症式的一丝不苟，坚持写日

---

[1]《盖尔芒特家那边》，第二部，第一章。

记，记下了成年生活的每一天，包括每日膳食和汽车里程。表面上看他妻子自杀这天一切并无不同：他还是填写了汽车里程。但是这天纸上有一块污迹，他的传记作者，维多利亚·格林戴宁（Victoria Glendinning）写道："一个棕黄色的污点，被擦过或者抹过。可能是茶、咖啡或眼泪留下的。这个污点在他这么多年始终维持着干净整洁的日记里，仅此一例。"

虚构细节中，同莱昂纳德·伍尔夫的污迹最神似的例子，在托马斯·布登勃洛克死前的描写中可以找到。托马斯的姐姐佩尔曼内德夫人守着临死的托马斯。她是个充满感情又很压抑的人，在某个时刻终于忍不住悲伤，张口祈祷："来吧，主，接走他微弱的呼吸。"但她忘了其实她并不知道整段话是什么，因此嗓音一颤，"而她行为中升起的尊严，令她必须对这个突兀的收场做出补救。"每个人都很尴尬。接着托马斯死了，夫人伏地痛哭。片刻之后，心神又定了下来："她的脸上泪痕未干，但她已经平复心情，重拾自我，她站起身，脑海全然被宣布死亡这件事占据——一大堆优雅的卡片，必须马上就去订购。"生离死别之后，生活回到了繁忙和惯例的轨道。这是常情。但选用"优雅"这个形容词，很可玩味，曼是在暗示这个阶级的人把信仰寄于东西的殷实与体面，紧紧地拥抱物质。

44

1960年总统选战期间，理查德·尼克松和约翰·F. 肯尼迪打了有史以来头一遭电视辩论。据说大汗淋漓的尼克松"输"在他有五点钟阴影[1]，看上去很邪恶。

人们觉得自己知道尼克松长什么样，但是一旦把他放在清爽的肯尼迪旁边，电视灯光一打，他看上去就两样了。类似还有，结了婚的安娜·卡列尼娜在一趟从莫斯科开往彼得堡的夜间火车上碰到了沃伦斯基。到早上，出现了某些重大变化，但她自己还懵懂不觉。为了表现这一点，托尔斯泰让安娜用一种新的眼光打量丈夫，卡列宁。卡列宁来车站接安娜，而她心里的第一个念头是："啊，上帝慈悲！为什么他的耳朵成了这样？"她的丈夫看上去冷峻威严，但首先是耳朵突然变得有点怪——

---

[1] 清晨刮去晚上又长出来的胡子。——译注

"他耳朵的软骨撑着那顶黑毡帽的圆沿。"

45

波尼·M合唱团,一摊污迹,尼克松的阴影:在生活中一如在文学中,我们的航行要靠细节的星辰指引。我们用细节去聚焦,去固定一个印象,去回忆。我们搁浅在细节上。伊萨克·巴别尔的短篇小说《我的第一笔稿费》里面,少年对妓女吹牛,后者感到无聊且将信将疑,直到这个少年凭空编出"铜褐色的空头支票"一说[1]。一下子,她就被勾住了。

46

文学和生活的不同在于,生活混沌地充满细节而极少引导我们去注意,但文学教会我们如何留意——比如说留意到我母亲在吻我之前常要抹一下嘴唇;伦敦的出租车柴油引擎懒洋洋空转时发出钻磨的声音;老皮夹克的白边好像一块肉上面的脂肪

---

[1] 巴别尔小说原文中"空头支票"是少年故事中虚构出来的娈童亚美尼亚人开给他的债主的,本书作者原文中则说是少年拿着"空头支票"去找女人,似有出入。——译注

条纹；新雪如何在脚下"吱嘎"作响；婴儿的手臂又怎么胖得像系着线（啊，别的例子都是我的，但最后一个例子来自托尔斯泰！）。[1]

47

这种指导是辩证的。文学教会我们如何更好地留意生活；我们在生活中付诸实践；这又反过来让我们能更好地去读文学中的细节；反过来又让我们能更好地去读生活。如此往复。你只要教过文学课，就知道大多数年轻的读者都不敏于观察。看看

---

[1] 这个例子来自《安娜·卡列尼娜》，是一个自我抄袭的好例子。在那本书里，不是一个而是两个婴儿——列文的和安娜的——给描述成看上去好像有线系在他们又小又肥的手臂上。同样，在《大卫·科波菲尔》里，狄更斯把乌利亚·希普张开的嘴巴比作一个邮局，也在《远大前程》里把威米克张开的嘴巴比作邮局。司汤达在《红与黑》里写政治时毁掉一本小说，就像一声枪响将会搞砸一场音乐会，接下去在《帕尔马修道院》里又把这个意象重复了一遍。亨利·詹姆斯形容巴尔扎克像僧侣一样把自己奉献给艺术，是"侍奉事实的修士"，他特别喜欢这个说法，后来又将其用到了福楼拜身上。科马克·麦卡锡在《血色子午线》里写道，"蓝色的雁列山脉稳步站在它们投映于沙地的淡影里。"而七年后在《天下骏马》里他又回到了这个别致的动词搭配："那里一对鹭稳步站在它们长长的影子里。"他干吗不呢？这些例子很少出于草率，而多是一种文风定型、自成一体的标志。这达到了一种柏拉图式理念的境界——此即极致，这些对象只该如此表达，因而一字不易。

我自己的那些旧书，二十年前做学生时，在上面恣意写下很多批注，我例行公事划出来那些喜欢的细节、形象和比喻，如今看来不过稀松平常，然而却悄然错过了那些如今看来真正美妙的地方。作为读者，我们会成长，二十几岁的年轻人还太天真。他们读的文学还不够多，不足以让文学教会他们如何去读。

48

作家也可能像那些二十几岁的人——止步于视觉天赋的不同层次。在美学的全部领域中，眼力总要分出个高低。一些作家天生眼力平平，另一些则有火眼金睛。小说中有的是这样的瞬间，作家好像在留力，把能量保存起来：一个普通的观察之后紧接着一个出挑的细节，突然令整个观察丰富有力起来，好像作家之前不过是在热身，而现在文笔突然怒放如花。

49

我们怎么知道一个细节是不是真的？我们的依据是什么？中世纪的神学家邓斯·司各脱（Duns

Scotus）将独具特色的形式命名为"特此性"（英文译为"thisness"，原文为"haecceitas"）。杰拉德·曼利·霍普金斯（Gerard Manley Hopkins）采用了这个概念，他的诗歌里充满特此性："丝绸口袋之云"的"可爱行径"（《为丰收喝彩》）；或者"玻璃般的李子树"，它的叶子"刷着／下坠的蓝；这蓝倾盆而下／滚滚无尽……"（《春》）。

"特此性"是一个很好的入口。

所谓"特此性"，我指的是那些细节能把抽象的东西引向自身，并用触手可及的具体来代替抽象。在《黑暗的心》中，马洛回忆起一个人死在他的脚边，一根长矛刺穿了他的胃，而"我的双脚感到很温暖很潮湿，我必须低头看……我的鞋子满了；一片血塘静止着纹丝不动，在舵轮下透出暗红色"[1]。这个人仰面躺着，焦急地看着马洛，紧握着胃部的长矛好像"是什么珍贵的东西，简直怕我会去抢"。我所谓的特此性，就是普希金注入《叶甫盖尼·奥涅金》十四行诗节中的那种可感性：叶甫盖尼的庄

---

[1] 科马克·麦卡锡的《老无所依》大量借鉴了这个形象，此书里面人物的靴子永远灌满鲜血——不过，往往是他们自己的血。

园已有多年没住人了，闭合的橱门背后流出水果的汁水，"一本家庭的记账本"，一本过时的"1808年日历"，台球桌上放着一根"钝头的球杆"。

所谓的特此性，我指的就是一种确切的绿——"肯德尔绿"——福斯塔夫在《亨利四世》第一部中发誓自己遭到绿装人的攻击："三个穿肯德尔绿衣服的恶棍从我的背后跑了过来，向我举刀劈砍。"这"肯德尔绿"有一种很妙的荒诞感：听上去好像埋伏的"恶棍"不止是从灌木丛后面跳出来，而竟是直接扮作灌木！而福斯塔夫在撒谎。他没看见什么穿肯德尔绿的人：当时太暗了。这种确切性带出来的喜感——也许本身就包含在那个名字里了——有加倍的效果，因为这本来就是瞎扯，还扯得这么确切。哈尔王子意识到这点，重述了一下这个确切的胡扯，以使福斯塔夫窘迫："嘿，既然天色黑得瞧不见你自己的手，你又如何知道这些人穿的衣服是肯德尔绿？"

所谓的特此性，我指的是这样一个时刻，爱玛·包法利抚弄着一双缎鞋，几个星期以前她穿着这双鞋子在沃比萨的大厅里跳舞，"鞋底被那舞厅地板的蜡弄黄了"。特此性，我指的是《伊利亚特》第二十三卷里,埃阿斯在盛大的葬礼比武中,冲刺时踩到牛粪而滑倒(特此性常常用来给诸如葬礼和晚宴之类的仪式扎洞,毕竟那类仪式的设计宗旨就是把特此性委婉地包裹起来,即托尔斯泰说的在客厅里放屁)。[1] 所谓特此性,我指的是那卷"樱红色的丝线",碧雅翠丝·波特(Beatrix Potter)小说《格洛斯特的裁缝》(*The Tailor of Gloucester*)里的那个裁缝,还没用它来缝过东西。(最近我把这个小说读给我女儿听,三十五年来头一遭,那个护身符般的"樱红色的丝线"一下子让我想起母亲把这个小说读给我听的情景。碧雅翠丝·波特的意思是,红丝线必须用于缝一件很好看的外套上的纽扣。但也许当时这个词组对我而言太有魔力了,因为它听上去是那么甜:像一丝丝甘草糖精或冰冻果露——这个词现在甜点师傅还在用。)

50

因为特此性是一种触手可及性,它趋向实体——牛粪,红丝线,舞厅地板的黄蜡,1808年的

---

[1] 出自《伊凡·伊里奇之死》,托尔斯泰把谈论死亡这一文明社会必须忽略的行为,比作某人在客厅里放屁。

日历，靴子里的血。但它也可以仅仅是一个名字或一则轶闻，触手可及的感觉可以通过一则轶闻或刺激的事实来表现。在《一个青年艺术家的肖像》里，斯蒂芬·迪达勒斯看见凯西先生的手指伸不直，"凯西先生告诉他，他三根手指活动不便，是为了给维多利亚女王做生日礼物"。为什么这个细节，给维多利亚女王做生日礼物，如此生动？我们的切入点是这种确切性的喜感，这件确凿的事：如果乔伊斯只是写"凯西先生手指活动不便，是在一次制作生日礼物时伤到了"，这个细节就比较平淡，比较模糊。如果他写："他在给玛丽阿姨制作生日礼物时弄坏了三根手指"，细节就生动很多，为什么呢？是不是仅仅确切本身就令人满意？我想是这样的，我们确实希望在文学中找到这种如意。我们要求看到名字和数字。[1] 这里之所以出现喜剧性，因

---

[1] 劳伦斯的短篇小说《菊香》是这样开篇的：一辆小型蒸汽机车，四号引擎，叮叮当当地开着，远自萨尔斯顿一路颠簸而来——后面还拖着七节装得满满的货车。福特·马多克斯·福特在1911年出版的《英文评论》(*English Review*)里说"四号"引擎和"七节"货车显示出一个真正作家的功力。"一个普普通通粗心大意的作家，"他说，"会写'一些小货车'。而这个人是真的知道他要什么效果，他能确切看到笔下描绘的东西。"见约翰·沃森（John Worthen）的传记《劳伦斯：早年生涯，1885—1912》(1991)。

为这里有一个期待和否定期待的悖论：这句话里面一方面信息不足，另一方面又有过于确切的信息。显然不能说凯西先生三根手指受到永久性损伤是为了做"一个生日礼物"：怎样大型的工程可能把他伤成这样？所以我们对于确切性的好奇被这个喜剧性的模糊勾起来了；接下去乔伊斯故意喂给我们确切得多的细节，即礼物送给了谁。知道这么多事实令人心满意足，但是维多利亚女王这一事实，虽然看上去很确切，但其实却很神秘，而且明摆着没法回答最基本的问题：到底是什么礼物？（这里有一个更深的政治秘密：给维多利亚女王做礼物意味着凯西先生，一个极端分子，坐过牢。）因此乔伊斯的句子里有两项神秘的细节——礼物及接收者——后者装作是前者的答案。喜剧性源于我们对于细节特此性的渴求以及乔伊斯打定主意仅仅假装满足我们。维多利亚女王，正如福斯塔夫编出来的肯德尔绿，呈现这种细节是为了照亮四周的昏暗，或者我们可以说，是为了给虚构一个坚实的基础。它确实提供了虚构的地基，从一方面说：我们的注意力自然被引到确凿之物上。但另一个意义上，它又很滑稽，因为它要么确实（如肯德尔绿）要么乍一看好像（维多利亚女王）比周围虚构出来的东西还要假。

51

我承认对于小说中的细节心怀矛盾。我品味细节，消费细节，思考细节。我没有一天不提醒自己，贝娄如何描写拉普帕波特先生的雪茄："叶子的白色幽灵蕴含了它全部的脉络和淡去的辛辣。"但细节过多令人窒息。我发现后福楼拜的小说传统尤其好这口：用过于唯美的眼光体察细节，这等于用另一种形式，加剧了我们前面说过的人物和作者之间的紧张关系。

如果小说的历史可以用自由间接体的发展史来讲，那么同样也可以沿着细节的兴旺之路来讲。很难记清楚到底有多久，虚构叙事敬畏于新古典主义的理念，即看重公式化和模仿的东西，轻视个性化和原版的东西。[1] 当然，个体和原版是永远抑制不

---

[1] 这在亚当·斯密的《修辞学和文学讲义》中很可见一斑，其中他说诗歌和修辞的描写应该简洁、切题而不能冗长。但是他接着又说："选出一些绝妙或古怪的细节往往很恰当。""一个画家画水果，如果他不仅画出了形状和颜色，还画出了表面覆盖着一层细细的绒毛，那就真叫人过目难忘了。"斯密的建议可谓别出心裁而又开门见山——好像他是在说："留意一下水果表面覆着一层细绒毛不是很好吗？"——他让细节这个概念，听上去别有一番新意和精巧。

了的：蒲柏、笛福甚至菲尔丁的作品都充满了布莱克所谓"细小的特别之处"。但很难想象一个1770年的小说家能说出福楼拜在1870年对莫泊桑说的话："每件东西里都有一部分尚未开发，因为我们的用眼习惯是一边看一边回想先人们就眼前事物得出过何种结论。即使最微小的事物都有未知的一面。"[1] J.M.库切在小说《伊丽莎白·科斯特罗》里，是这么说笛福的：

> 蓝色套装，油腻的头发，这些细节，这些符号，属于温和现实主义。给出详情，让意思自己浮现出来。这路写法是丹尼尔·笛福开创的。鲁滨逊·克鲁索给冲上海滩，四顾寻找同船的人。但谁也没找到。"我再也没见过他们的人，也再没见过他们留下的踪迹，"他说，"只找到他们的三顶帽子，一只无檐帽，还有两只不成对的鞋子。"两只鞋子，不成对：因其不成对，鞋子就不再是穿的鞋子，而成了死亡

---

[1] 莫泊桑，《小说》（"The Novel"），《皮埃尔和让》的序言(1888)。

的证物，泛着泡沫的海水把它们从溺水者的脚上扯下来，扔到岸上。没用大词，没有绝望，不过是些帽子、无檐帽、鞋子。

库切用"温和现实主义"描述一种写法，其中吸引我们注意力的细节，并不过分强调观看、一看再看，没有现代小说家笔下的新奇怪异——这属于一种18世纪的规则，这里面还没有建立起对于"细节"的崇拜。

52

你可以读一下《堂吉诃德》或《汤姆·琼斯》或奥斯丁的那些小说，你会发现其中鲜有福楼拜推崇的细节。奥斯丁同巴尔扎克或乔伊斯不同，她不写家具的样子，也很少停下来描写人物的脸。衣着，天气，内景，一切都优雅地压缩并且削薄了。次要人物在塞万提斯、菲尔丁、奥斯丁笔下是戏剧人物，常常是公式化的，几乎不为人所注意，从视觉的意义上来说。菲尔丁在《约瑟夫·安德鲁斯》中不亦乐乎地为两个不同人物都安了个"罗马鼻子"。

然而对于福楼拜,对于狄更斯,还有他们之后的千百位小说家而言,次要人物是一种有滋有味的文体挑战:怎样让我们看见他,如何赋予他活力,怎样轻轻给他涂脂傅粉?(像《大卫·科波菲尔》里朵拉的表哥,"在禁卫军中当兵,两腿极其之长,看上去像是旁人在夕阳里拖着的影子"。)这是《包法利夫人》里福楼拜投向舞会上次要人物的匆匆一瞥,此人在整部小说里不复登场:

> 但是在餐桌上座的,却是一个老人,他是女客中唯一的男宾,弯腰驼背,伏在盛得满满的一盘菜上,餐巾像小孩的围嘴一样,在背后打了结,他一面吃,一面让汤汁从嘴里漏出来。他的眼睛布满了血丝,一头卷起的假发,用一根黑带子系住。他是侯爵的老岳父,拉韦杰老公爵,曾经得到过国王兄弟的宠幸,孔弗让侯爵在沃德勒伊举行猎会的时候,他是一个红人,据说他和夸尼、洛曾两位先生,先后做过王后玛丽·安图瓦奈特的情人。他过着荒淫无度的生活,声名狼藉,不是决斗,就是打赌,或者强占良家妇女,把财产荡尽花光,使

家人担惊受怕。[1]

福楼拜的泽被往往有利有弊。我们又一次感到福楼拜的细节里有一种奇怪的"挑选"的重负,并且把这种挑选的负担压在了人物身上——我们感觉对细节的挑选已经变成了诗人执迷不悟的苦刑,而非小说家信手偶得的趣味。(浪荡儿——那位既是作家又不是作家的主人公——解决了这个问题,或者说迈出了解决的步伐。但是在上面这个例子中,福楼拜没有一个胜任的代理人,因为他的代理人是爱玛:所以事实上这就纯粹是小说家本人在观察。)下面是里尔克在《马尔特手记》里,穷极详尽地记录他在街上见过的一个盲人:"我接受了想象他的任务,而且苦干到大汗淋漓……我明白他身上没有什么不重要的东西……他的帽子,一顶又老又尖、硬邦邦的帽子,他的戴法和其他所有盲人一样:和面部线条全无关联,绝不可能把这个特征加到自己身上从而形成一个新的整体形象:仅仅是一个随便的,外在的东西。"绝难想象福楼拜之前会有作家自溺

---

[1] 此段译文选自许渊冲译本。——译注

于这等戏剧化的情景里("苦干到大汗淋漓")!里尔克对盲人的描述听上去是把自己在文学上的焦虑投射到了他身上:没有一个文学性细节是无关紧要的,那么它们每一项都不能"形成一个新的整体形象","仅仅"是"随便的,外在的东西"。

在福楼拜及其追随者那里,我们感到写作的进程就是一连串的细节,把所见之物串成项链,而这有时候对于观察来说是阻碍,而非助益。

53

所以在19世纪,小说变得更具画面感。在《驴皮记》中,巴尔扎克描写一块桌布"白得像一层新落的雪,上面摆放的东西对称地升起,顶端是淡黄色的面包卷"。塞尚说整个青年时代他都"想画出那个,那块新雪般的桌布"[1]。纳博科夫和厄普代克有时定格细节,将之变成一种自我崇拜。唯美主义在这里是一个很大的风险,同时也是对眼力的夸张。(生活中有的是非视觉的细节。)纳博科夫写

---

[1] 引自莫里斯·梅洛-庞蒂,《塞尚之疑》,载《意义与无意义》(*Sense and Non-Sense*)(1948)。

道:"一位上了年纪的卖花女,画了眉毛满脸堆笑,截住某个行人,将康乃馨饱满的花托灵巧地穿插进他的扣眼,他侧过头打量这朵来意不明的花,加深了左颌好大的一条褶痕。"[1] 到了厄普代克那里就会如此观察窗子上的雨水:"撒在玻璃上的点点滴滴好像受到变形虫的驱使,突然间就上演聚合离散,然后一路跌跌撞撞地往下跑,窗玻璃好像一块绣了一半的图案,或者悄然解开的填字游戏,由细小而半透明的雨珠在游移中镶嵌而成。"厄普代克把被雨打湿的玻璃比作填字游戏,具有象征意义,因为这两位作家的写法,都好像在给我们出字谜。

贝娄眼力高超;纳博科夫则要告诉我们观察的重要性。纳博科夫的小说都可以看作是在夸赞好眼力,因而也是自夸。世上有些美不是眼睛能看见的,这些东西纳博科夫也不太看得见。不然又如何解释他不待见曼、加缪、福克纳、司汤达、詹姆斯呢?他的评判,主要基于他们不够风格化,以及他们在视觉方面不够敏锐。这条战线清晰可见于他和

---

[1] 这段话出自纳博科夫短篇小说《初恋》,译文参考了石枕川、于晓丹译本,有改动。

批评家埃德蒙·威尔逊的信件往来之中,后者一直建议纳博科夫读一下亨利·詹姆斯。最后,纳博科夫把目光投向《阿斯彭手稿》,然后回信告诉威尔逊,詹姆斯对细节的处理太马虎。詹姆斯描写从窗外看雪茄点火的那一端,用的是"红尖"。但雪茄是没有尖的,纳博科夫说。詹姆斯看得还不够用心。接下去他拿詹姆斯的写作同屠格涅夫"孱弱的金发女郎风格"相比。[1]

又是雪茄!这里对于创造细节有两种不同的思路。我想詹姆斯会回答,第一,雪茄是有尖的;第二,没必要每次都用上贝娄式或纳博科夫式的笔墨去描写一支雪茄。詹姆斯无力做好这件事——纳博科夫的抱怨如此暗示——此论很容易推翻。但詹姆斯显然并非一个纳博科夫式的作家,他了解的细节比纳博科夫更加五花八门,最终也比纳博科夫更加形而上。詹姆斯或许会说,作家确实应该尽量做到滴水不漏,但也没必要面面俱到。

---

[1] 《纳博科夫—威尔逊通信集》,西蒙·卡林斯基(Simon Karlinsky)编(1979)。

54

现代的审美习惯是，偏好那些不声不响却能"告密"的细节："侦探注意到卡拉的发带出奇地脏。"如果真有能"告密"的细节这种东西，那么也必有一种东西是"不告密"的细节，有吗？一个更好的划分，要我来说，不妨称为"下岗"和"在岗"的细节；下岗的细节是生活常备军的一部分，随时待命。文学中有的是这种下岗的细节（詹姆斯笔下雪茄的红尖就是一个例子）。

那么是不是"下岗""上岗"云云，不过把问题重新包装了一番？"下岗"的细节不就是不如它"上岗"的同志那么一针见血么？19世纪的现实主义，自巴尔扎克以降，制造出极大丰富的细节，对现代读者而言，早应习惯了叙述中必带有一些过量，必有一些内置的冗余，即它裹挟的细节多于必要的数量。换言之，小说给自己造出过量的细节正如生活中充满过量的细节。假设我如此描述一个男人的头："他的皮肤很红，他的眼睛充血，他的眉毛看上去含着怒意，他的上嘴唇有一粒小小的痣。"红皮肤充血的眼睛之类或许能告诉我们此人的脾气，但那颗痣好像"无关紧要"。它就是在"那里"。这是现实,这就是"他看上去的样子"。

55

可这么一层不搭界的细节是真的像生活,抑或仅仅是个小伎俩?在《现实效果》一文[1]中,罗兰·巴特基本上认为"无关的"细节是一种我们不再留意的编码,与真实生活如何无干。他讨论了历史学家儒勒·米什莱(Jules Michelet)写的一个段落,其中米什莱描述了夏绿蒂·科黛(Charlotte Corday)[2]在监狱里的最后时光。一个艺术家来拜访她并为她画像,然后"过了一个半小时,她身后的门被轻轻地敲了一下"。巴特回到福楼拜在《简单的心》里对奥班夫人房间的描述:"八张红木椅子摆成一排靠在涂成白色的护墙板上,晴雨表下有一架钢琴,堆满箱子和纸盒。"巴特说,钢琴在那里是表明资产阶级地位,箱子和纸盒也许是在暗示混乱。但为什么要有个晴雨表?晴雨表不说明任何问题,这件东西"既非格格不入又谈不上醒目";它

---

[1] 收于《语言的窸窣》(*The Rustle of Language*)。
[2] 即暗杀马拉的女刺客。——译注

显然是"无关"的。它的用处是标示现实,它在那里就是为了营造出一种现实的效果,现实的氛围。它就是在说:"我是真的。"(你也可以认为它在说:"我就是现实主义。")

巴特继续说,像晴雨表这样的物件,本应用于标示现实,但其实它做的只是代表一下。在米什莱的段落里,那个小小的"填充物",在门上轻轻敲了一下,就是为制造出一种现实的时间流逝的"效果"而"放进去"的。现实主义总体而言,是一种虚假的标示。晴雨表可以同其他一百种东西互换;现实主义是由随意的标记编制而成的人造组织。现实主义提供了现实的表皮,但其实是"彻底虚假"的——巴特所谓的"参考幻觉"。

在《神话学》中,巴特机智地指出,演员头顶桂叶发型出演好莱坞的"罗马"电影,是为了表明其"罗马性",等于福楼拜的晴雨表代表"真实性"。两个例子里面都没什么真东西得到标示。这些无非文体的陈规,就像喇叭裤和迷你裙只有纳入由时尚产业本身所建立的符号系统中才有意义。时尚的规范全然是随心所欲的。在他看来,文学就像时尚,因为这两个系统都教人去看事物的符号,而不是事物的意义。[1]

56

然而判定细节相关与否，巴特是不是太草率了？为什么晴雨表就是无关的呢？如果晴雨表的存在只是为了武断地宣称真实，那为什么不把钢琴与盒子也算进去？如 A. D. 纳陶（A. D. Nuttall）在《新模仿论》（*A New Mimesis*）里写的，晴雨表说"我是真的"，但更是在说"我不就是你在这么一个房间里会发现的那种东西吗？"它既非格格不入也不算特别醒目，正是因为它典型得乏味。还在用晴雨表的人家多得是，而这些晴雨表确实把这些人家的情况透露给了我们：中产阶级而不是上层阶级；有一点循规蹈矩；家里可能供着一些二流的传家宝；而晴雨表永远是不准的，不是吗？它告诉我们什么呢？在伦敦，当然它们就显得特别可笑了，因为天气永远一个样：灰蒙蒙，下着小雨。你绝不需要什么晴雨表。实际上，你可以说晴雨表测出来的是一种不上不下的处境：晴雨表很能表明晴雨表本身！

---

[1] 《流行体系》（1967）。

（这就是它们的功能啊。）

不管怎么说，我们还是可以接受巴特为风格所订的条款，而不接受他的认识论注解：虚构的现实确由这些"效果"构成，但现实主义在效果之外也仍然可以是真实的。只不过巴特对于现实主义有一种敏感的、欲杀之而后快的敌意，所以才执意做出这种错误的分割。

57

在奥威尔题为《一次绞刑》的随笔里，他注意到犯人在走向绞刑架的途中，避开了一个小水塘。对奥威尔来说，这正代表了他所谓的生命的"神秘"，而这生命本身马上就要遭到剥夺：虽然这么做毫无意义，但犯人还是不想弄脏鞋子。这是一个"无关"的行为（也是奥威尔的一个敏锐观察）。现在假设这不是一篇随笔而是一篇小说。历来也确有颇多揣测，奥威尔的散文里有多少虚构的成分。避开水塘就是一个绝妙的、那种托尔斯泰可能很喜欢用的细节。《战争与和平》中有一个写处决的场景，和奥威尔的文章异曲同工，很可能奥威尔就是从托尔斯泰那里偷来了这个细节。《战争与和平》

里，皮埃尔目睹了一个人被法国人处决，并且注意到就在死前，这个人调整了一下绑在脑后的蒙眼布，因为绑得太紧很不舒服。[1] 避开水塘、摆弄一下眼罩——这些都可说是无关或过剩的细节。它们难以解释，它们出现在小说中就是为了标示这种无法解释的东西。这是现实主义、"现实"风格的一个"效果"。奥威尔的文章，假设它确实记录下真实发生的事，那么它告诉我们这类虚构的效果不仅是传统意义上的无关紧要，也不仅是形式层面的任意为之，而是要告诉我们现实本身的无关紧要。换言之，生活中确实存在一些没法解释或者不相干的东西，正如那个毫无用处的晴雨表，确实存在于真实的房子里。逻辑上说犯人确实没道理避开水塘。这纯粹是一个根深蒂固的习惯而已。而生活中永远难免有一些过剩，有一些无缘无故，生活给我们的永远比我们所需的更多：更多东西，更多印象，更多记忆，更多习惯，更多言语，更多幸福，更多不幸。

---

[1] 第四卷，第一部，第十一章。

58

晴雨表，水塘，调整一下眼罩，这些不是"无关的"；他们的无关紧要意义重大。在《带小狗的女人》中，一男一女上了床。云收雨散以后，男人平静地吃着一个西瓜："旅馆的桌上放着一只西瓜。古洛夫给自己切了一片，然后不紧不慢地吃起来。至少有半个小时在静默中过去了。"契诃夫就写了这么多。他大可以这么处理："三十分钟过去了。外面，一只狗开始叫，一些孩子跑到街上。旅店经理吼了句什么。门砰地关上了。"这些细节显然都可以替换为其他类似的细节；它们没什么要紧的。它们在那里是给我们营造一种生活的感觉。它们的无关紧要正是其意义所在。米什莱那个备受巴特质疑的段落里，之所以要用这种意义重大的无关小细节，最明显的一个原因就是为了表现时间的流逝，而小说为文学平添了一个新的、独特的课题——把握瞬间。古代的叙事，如普鲁塔克的《名人传》或者圣经故事，其中很少有不必要的细节。大多数细节都具有功能和象征意义。相应而言，古代讲故事的人似乎不怎么费力就能表现"真实时间"的流逝（契诃夫的三十分钟）。时间在断续间飞快地过去了:"亚伯拉罕清早起来,备上驴,带着两个仆人和他儿子以撒,也劈好了燔祭的柴,就起身往神所指示他的地方去了。到了第三日,亚伯拉罕举目远远地看见那地方。"时间悄然无踪地在字里行间推移,而没有明写出来。每一个新的连词[1],都似老火车站的时钟运转,那巨大的指针每隔一分钟都突然向前滑动。

我们已经看到,福楼拜融汇不同拍号的方法,需要把细节混合起来,一些是相关的,一些是精心布置的无关。"精心布置的无关"——我们只好承认小说中并没什么无关的细节,即使在现实主义里面亦不例外,哪怕现实主义喜欢拿这类细节填塞其间,把逼真感尽量营造得好一点,尽量舒适一点。你不无浪费地在离开家或旅馆的时候不关灯,不是为了证明你存在,而是因为过剩的、多出来的那一点点本身就有一种生活的气息,就很奇怪地有一种活着的感觉。

---

[1] 作者在此指的是英文圣经中的 and 和 then,这两个词基本上出现在这段话的每一个逗号或句号后面,中文习惯不译,特此说明。——译注

59

《死者》中，乔伊斯写加百列是老阿姨最喜欢的外甥："他是她们最喜欢的外甥，是她们已故的老姐姐爱伦的儿子，爱伦以前是嫁给了船坞公司的T. J. 康瑞。"这一眼看上去好像很普通，也许只有熟悉那种小资产阶级市侩嘴脸的人才看得懂。这寥寥几个字一下子告诉我们多少两姐妹的情况啊！这种细节加速了我们对人物的认识：一个想法，一个姿态，一句闲言碎语。它关乎对于人性和道德的理解——这种细节不表现特此性，而是一种知识。

在句子的最后，乔伊斯跳进自由间接体，跳进老太太们彻彻底底的小市民思维里，她们被"抓"到在想姐夫的地位。想象一下，如果这句话这么写："他是她们最喜欢的外甥，爱伦和汤姆的好儿子。"这句话完全没告诉我们两姐妹的事。而乔伊斯的意思是，在她们自己的脑海里，用她们的心里话说，她们仍然不把姐夫看成"汤姆"，而是"船坞公司的T. J. 康瑞"。她们为他的成就和财富感到骄傲，甚至有一点敬畏。而那个神秘的"船坞公司"的功能，等于那个给维多利亚女王的生日礼物：我们不知道T. J. 康瑞在船坞公司干了什么，而且完全没法知道在船坞公司任职到底算多么光鲜的一份工作。(好笑就好笑在这里。)但乔伊斯——同《恐怖分子》里厄普代克的写法截然相反——明白,如果再多讲几句船坞公司的事就会毁掉这个心理层面的真相:这个地位对这些妇女来说有某种重要意义。知道这点就够了。

这种突然之间对于人类核心真相的把握,在一瞬间中用细节呈现出人物之所思(或无所思),可视为自由间接体的一个分支,正如我们在前例中看到的。但也不是必然如此:这也可能是小说家从"外部"对人物所做的观察(当然其作用是令我们加速进入人物的内部)。在《拉德茨基进行曲》中有这样一个瞬间,年老的上尉拜访他垂死的仆从,后者躺在床上,想把毯子下面那两只裸着的脚跟并拢……《群魔》中骄傲而虚弱的省长冯·列姆布克失控了,朝客厅里的访客一顿咆哮,迈出房间却被地毯绊了一下。他站在那里,看着地毯,荒唐地吼道:"换一张!"——然后走掉了……夏尔·包法利同妻子从沃比萨盛大的舞会回来,那地方令爱玛神魂颠倒,他却搓着手说:"回家真好"……《情感教育》里弗雷德里克带着他相当低端的情妇去枫丹白露宫。她觉得无聊,但是能感觉到自己的没文化令弗雷德里克沮丧。所以在其中一个画廊,她环顾周围的画作,想说出一点有见识的、掷地有声的话,却只说出:"这一切令人回想起从前!"……安娜·卡列尼娜的丈夫是一个刻板无趣的公务员,离婚以后逢人就如此介绍自己:"想必您已知悉我的悲伤?"

60

这些细节有助于我们"认识"卡列宁、包法利、弗雷德里克的情妇,但它们同时也提出了一个谜。几年前我和妻子去听娜迦·萨勒诺-索能伯格(Nadjia Salerno-Sonnenberg)的小提琴演奏。有一个宁静而难度很大的段落,她皱了眉。不是通常大师进入心醉神迷之境不自觉做出的表情,它表现出的是一刹那的不悦。同一时间我们做出了完全不同的解读。克莱尔后来对我说:"她皱眉是因为这一段拉得不够好。"我回答说:"不是,她皱眉是因为观众太吵。"一个优秀的小说家会任由那次皱眉放着,也会任由我们的解释放着:完全没必要拿解释闷死这小小的一幕。

像这样的细节——进入一个人物但不说明那个

人物——把我们变成了作家也变成了读者；我们好像成了合著者，共同决定了人物的存在。冯·列姆布克大喊"换一张！"的时候脑子里想什么，我们会有一个看法，但同时可能有很多种解读；我们会得出一个看法，罗萨耐特很拙劣，但我们并不知道她说"这一切令人回想起从前！"到底是什么意思。这些人物可以说非常私密，哪怕他们无遮无拦地暴露在我们面前。

《带小狗的女人》几乎全是由这种不加解释的细节构成的，这很契合故事，因为这是个偷情故事，说的是偷情带来的难以解释的巨大快乐。一个已婚男人——同时也是个勾引老手——在雅尔塔遇到了一个已婚女人。他们上床。为什么古洛夫吃着西瓜，至少有半个钟头在沉默中过去了呢？马上可以想到几个原因：我们把自己的理由填进那段沉默。故事的后面，这个自信满满的诱惑者坚定地意识到，出于某种他自己不能完全解释的理由，这个从小镇来的相貌平平的女人对他而言，比他爱过的任何人都更加重要。他从莫斯科大老远跑到女人所在的偏僻小镇，他们在一家当地的戏院碰头。管弦乐队，契诃夫写道，用了很长的时间来调音。（这里又一次没给出任何解释:我们大可以假设这个地方乐团很不专业。)情侣在观众席外的台阶上抓到片刻的时间。前面,有两个抽着烟的学生,在看他们。两个学生知道他们之间发生了怎样的故事么?他们是否漠不关心?情侣是否因为学生的目光而不舒服?契诃夫没说。

这个细节的完美在于其对称性:两个逾矩者碰到了另外两个逾矩者,两对人之间毫无瓜葛。

人　物

故事的包袱是讲一个美国学者正大谈贝克特:"他才不操你妈的关心人类。他是一个艺术家。"而这时,贝克特提高嗓门,盖过下午茶时分的喧嚣,大声喊道:"但我确实操你妈的关心人类!我确实操你妈的!"[1]

61

写小说最难的是虚构人物。我读过的那些总是以描写照片为开头的新手小说就很说明问题。那种

---

[1] 《贝克特回忆,回忆贝克特》(*Beckett Remembering, Remembering Beckett*, 2006),由 James 和 Elizabeth Knowlson 编。

风格你想必很熟:"我母亲在烈日下眯着眼睛,手里面因某种原因拿着一只死野鸡。她脚上是老派的系带靴,手上戴白手套。她看上去悲惨极了。然而,我的父亲却怡然自得,就像一贯的那样无法无天,他头上那顶从布拉格买的灰绒软毡帽,从小就给我留下深刻记忆。"经验不足的小说家依恋静态,因为相比动态而言容易描写:叫人物从凝固的场景中动起来是很难的。每次读到诸如上文戏仿的那种冗长的配图介绍,我就很担心,不禁怀疑该小说家正紧紧抓着扶手不敢推开。

62

但是怎么个推开法?怎样让肖像动起来呢?福特·马多克斯·福特在他的《约瑟夫·康拉德:一段私人记忆》中很精彩地写过,如何让一个角色站起来、跑起来——用他的话说"让一个人物进来"。他说康拉德对自己"是否已经真的、充分地让人物进入小说从不满意,他也从不相信读者会相信他。所以他的一些书就写得特别长"。我喜欢这个想法,康拉德有些书写得很长是因为他无法停止摆弄人物的真实性,页复一页——仿佛要弄出一个无限长的小说。那么一来，提心吊胆的新人写手倒是找到了一个好伙伴。福特和康拉德都喜欢莫泊桑《奥尔唐斯女王》("La Reine Hortense")里的一句话："他是一个留红胡子的先生，总是第一个穿过门。"福特评价说："这位先生已经如此充分地进入了小说，你无需关于他的任何其他描写就能明白他会如何行动。他已被'放进来'，接下去可以直接做事了。"

福特所言不差。寥寥数笔足以让一幅画走起来，就好像它本来就是会动的。其导致的结果是，读者从渺小、朝生暮死甚至相当扁平的人物身上，读出了和宏大、丰满、昂首挺胸的英雄儿女身上一样多的东西。在我心目中，古洛夫，《带小狗的女人》中的通奸者，其生动、丰富、后劲不下于盖茨比、德莱塞的赫斯特伍德，甚至简·爱。

63

让我们再想想这个问题。一个陌生人进了一个房间。我们马上会怎样打量此人呢？当然，我们观其容貌，视其着装。假设这是一个中年人，还可算英俊，但头开始秃了——他头顶有那么一块光滑的区域，稀稀落落几根压平的头发，看上去像一个灰白的麦田怪圈。他举手投足似乎表明他希望引人注意,然而,他在最初的短短几分钟里频繁地用手抹头,令人想到他对失去那些头发有点介意。

说起来这个男子很有意思,因为他的上半身颇为奢华,雅致的、熨烫平整的衬衫,一件很棒的夹克,然而下半身却不修边幅,脏兮兮、油腻腻的裤子,一双没有抛光的旧鞋子。他是否以为人们只会注意他的上半身?这是否表示他有信心用自己戏剧化的言谈博人眼球?(让他们盯着你的脸看。)或者他自己的生活就是如此两极分化?或许他在某些方面井井有条,在另一些方面混乱不堪。

64

在安东尼奥尼的电影《蚀》里,光彩照人的莫妮卡·维蒂去罗马一家股票交易所,她的未婚夫,由阿兰·德龙饰演,在那里工作。德龙指着一个胖子说,他刚刚损失了五千万里拉。莫妮卡很好奇,就跟着那个男人。在吧台他要了一份喝的,但几乎没有碰过,然后去了一家咖啡店,他点了一份矿泉水,又没怎么碰。他在纸上写什么东西,然后把它留在了桌上。我们想象那一定是一些狂怒或忧伤的话。维蒂走到桌前,看到上面画了一朵花……

这一小段戏有谁会不喜欢?它是如此精致,如此温柔,如此隐晦又有一点幽默,这个玩笑给我们开得恰到好处。我们有一套固定的想法,一个在金融市场的受害者如何回应灾难——崩溃,绝望,跳楼自杀——安东尼奥尼打乱了我们的期望。这个人物轻轻从我们变化的认识中滑走,就像一艘船从运河水闸中穿过一样。我们从错误的武断开始,最后来到一片神秘的未名之境。

这场戏提出了一个问题:究竟是什么构成了一个人物。我们对这个投资人的了解并不比这场戏告诉我们的更多;他在后来的电影里也不再亮相。他真的可以算一个"人物"么?然而毋庸置疑的是,安东尼奥尼清晰而深刻地揭示了这个人脾性的某些方面,引申来说是关于人类在压力面前的某种漠然——或者,也可能是,某种让人在压力面前保持淡定的抵御意志。某种鲜活的、人性的东西由此展现出来。所以这一幕表明叙述可以并且常常可以为我们描绘出生动的性格,而不必给我们一个生动的个体。我们不必认识这个特定的人,但是我们知道在这一刻他特定的举动。

65

关于小说中的人物,每天都涌现出大量的无稽之谈——既出自太相信小说人物的阵营,也出自太不相信小说人物的阵营。那些太相信人物的人关于何谓人物自有一套铁打的偏见:我们应该去"认识"他们,他们不应该是一些"刻板印象",他们应该有"内心",正如他们有外貌,有深度亦有表面,他们应该"成长"和"发展",还有他们应该是好人。所以说他们应该跟我们差不多。

66

在另一边,从那些太不相信人物的嘴里,我们听到人物根本不存在。出色的小说家、评论家威廉·加斯评论过亨利·詹姆斯的《尴尬岁月》(*The Awkward Age*)的如下段落:"卡什茂(Cashmore)先生,要不是现在已经秃得厉害,看上去会是一头火红,他戴单片眼镜,上嘴唇很长;他身材宽大,风度翩翩,但有时也会做出一些同他这类人不相符合的任性之举,同人激烈争吵。"对此,加斯说:

> 我们可以想象,关于卡什茂先生能再随便

多加几个句子上去。现在问题是：卡什茂先生到底是什么？我给出的答案如下：卡什茂先生是（1）一个声音；（2）一个合适的名字；（3）一套复杂的观念；（4）一种占主导地位的感知；（5）一种口头组织的表达；（6）一种假装的指代，以及（7）一种言语的能量源。他并非一个可以感知的客体，适用于人类的一切评论都无法用来正确地描述他。[1]

一如大多数形式主义的批评，这既很明显是对的，也很明显是错的。当然人物总是一些词的集合，因为文学就是这种词的聚合：这种说法没告诉我们任何东西，等于告知我们小说不能真的创造出一个想象出来的"世界"，因为书只是一捆有字的纸头。毋庸置疑，卡什茂先生给詹姆斯这么一介绍，马上，实际上，就变成了一个"可以感知的客体"——恰恰是因为我们在读关于他的描述。加斯声称，"适用于人类的一切评论都无法用来正确地描述他"，然而这就是詹姆斯所做的：如何谈一个真

---

[1]《虚构和生活的符号》(*Fiction and the Figures of Life*)（1970）。

人,就如何谈他。他告诉我们,卡什茂先生看上去红发秃头,而"他的任性之举"看上去好像和他的心宽体胖格格不入("同他这类人不相符合")。目前,当然,在詹姆斯的轻描淡写之下,卡什茂先生只不过刚刚被创造出来,他几乎不存在;加斯把一个人物在伊甸园里的纯真和他后来堕落的本性搞混了。那就是说,此刻的卡什茂先生就像我们从街上看到的那些楼宇轮廓,看上去往往像是舞台布景。当然"关于卡什茂先生能再随便多加几个句子上去",那是因为詹姆斯现在只不过写了那么几句话而已。詹姆斯在他身上下笔越多,他看上去就越不像是即兴的产物。"小说里没有描写,只有构建。"加斯在同一本书里这样说。但何必非此即彼?在我看来,如此极端地否定人物,本质上等于否定小说。

67

然而再重复问一遍:什么是人物?各种标准仿佛一座灌木丛将我困住:如果我说一个人物似乎关联于意识,以及心灵的价值,那么许多不太思考、极少被看到在思考的伟大角色就要不满了(盖茨比，亚哈船长，贝琪·夏普，威摩普尔[1]，简·布罗迪）。若我改进一下，说一个人物必然在某种程度上有一个内部生活，即具有内在性，是"由内"而见的。面前出现了两个精彩的反例，两位通奸者，安娜·卡列尼娜和艾菲·布里斯特。第一位经常思考，我们从内部和外部两个方面观察她，第二位，在西奥多·方汀的同名小说里面，则完全是从外部来描写的，并没怎么着墨于表现思考。没有人可以说安娜比艾菲更生动，理由仅仅是安娜做了更多的思考。

如果我试图在主要人物和次要人物之间做出区分——圆形人物和扁平人物——然后说他们在微妙程度，在深度和登场时间上有所不同，那么我也不得不承认许多所谓的扁平人物对我来说似乎更加鲜活，是更为有趣的研究对象，不论相对于据说应该更高一级的圆形人物，他们的戏份是多么短促。

---

[1] Kennth Widmerpool，《与时代合拍的舞蹈》(*Dance to the Music of Our Time*) 中的人物。——译注

68

小说是演绎例外的大师：它永远要摆脱那些扔在它周围的规则。小说人物的出人意表，仿佛魔术大师胡迪尼。故而不存在什么"小说人物"，有的只是千千万万不同类型的人，有些是圆的，有些是扁的，有些具备深度，有些只是漫画，有些力求写实，有些只不过轻笔涂抹。他们之中有些很扎实，足以让我们推测出他们的行为动机：为何赫斯特伍德偷钱？为何伊莎贝尔·阿切尔回到吉尔伯特·奥斯蒙德（Gilvert Osmond）的怀抱？于连·索黑尔的真正野心是啥？为什么基里洛夫想要自杀？毕司沃斯先生到底想要什么？但是也有无数虚构人物并不丰满，并非用传统笔法写成，却同样生动鲜活。那种扎扎实实的、19世纪的虚构人物（我把毕司沃斯也算进这个行列里）把最深的神秘呈现在我们面前，但这并非塑造人物"最佳"、理想，乃至唯一的方法（虽然那也不值得后现代主义居高临下批判一番）。我自己的口味趋向于更加简笔的人物，他们身上的空白和省略挑逗着我们，刺激我们跋涉于他们深深的表象：为什么奥涅金拒绝达吉雅娜然后向兰斯基发起决斗？普希金基本上完全没有为我们提供任何可以作为回答依据的东西。斯维沃的泽诺是疯子么?汉姆生《饥饿》的叙事者是疯子么?我们手头只有他们的不可靠叙述提供的种种事件。

69

也许因为我并不确定何谓人物,我发现在一些后现代小说里有些人物特别感人,譬如《普宁》,或者缪丽尔·斯帕克的《春风不化雨》,或者何塞·萨拉马戈的《里卡多·雷耶斯逝世那年》,或者罗贝托·波拉尼奥的《荒野侦探》,或 W. G. 塞尔巴德的《奥斯特里茨》,或阿莉·史密斯的《双面人生》,在其中我们遇到的人物既是真的,又不是真的。在每一本这样的小说里,作者要求我们去思考男女主人公的虚构性,他们就是小说的标题人物。而这是一个绝妙的悖论,恰是这种反思激起了读者想要将其变"真"的欲望,实际上他们会对作者说:"我知道他们只是虚构的——你反复暗示我们这点。但我只能把他们当真人对待,这样才能认识他们。"这就是《普宁》的原理,举例来说,一个不可靠的叙事者坚持说普宁教授只是一个"人物",这有两个意思:他只是一种类型(丑角般的、特立独行的流亡者）以及他只是一个虚构人物，叙事者的幻想。然而正因为我们埋怨叙事者对他那可爱又愚笨的木偶总是一副居高临下的样子，我们坚信，在这种"类型"背后必然有一个真正的普宁，他有血有肉，值得我们去"认识"。而纳博科夫的小说就是用这种方法构建起来的，通过刺激我们心中对于一个真实的普宁的渴望，刺激我们对一部"真实小说"的渴望，来对抗那个不堪忍受的邪恶叙事者制造的虚假小说。

70

何塞·萨拉马戈那部伟大的小说《里卡多·雷耶斯逝世那年》，原理略有不同，但异曲同工，也像《普宁》一样，它变成了一个感人的追查，目标是弄清楚何谓真实的自我。里卡多·雷耶斯是一个来自巴西的医生，是一个淡漠、保守的唯美主义者。他决定回到他的故土葡萄牙，时值1935年末，伟大的诗人费尔南多·佩索阿刚刚去世。雷耶斯自己也是一位诗人，他哀悼佩索阿的离世。他不知道自己该干什么。他已经存了一些钱，有一阵他住在旅馆里，他和大堂女服务员有一腿。他写了几首美丽的抒情诗，而此时已经变成鬼魂的佩索阿来拜访他，他与之交谈。萨拉马戈逐字逐句颇为直接地描写这些对话。雷耶斯在里斯本的街道上闲逛，1935渐渐变成了1936。他读报纸，并且越发警觉于欧洲未来悲惨的命运：西班牙内战弗朗哥崛起，在德国有希特勒，在意大利是墨索里尼，在葡萄牙有法西斯独裁者萨拉撒。他想从坏新闻里探出头来，他一厢情愿地想起九十七岁的洛克菲勒的故事，后者有一份专门编辑过的特别版《纽约时报》，每天送过来，里面只登好消息。"世界上的威胁无远弗届，仿如阳光普照，但是里卡多·雷耶斯躲在他自己的阴影里。"

然而里卡多·雷耶斯并非一个"真正的"虚构人物，不管那是什么意思（如大卫·科波菲尔和爱玛·包法利）。他是真实佩索阿的四个笔名中的一个——他在里斯本生活和工作，死于1935年——并且躲在这个笔名下面写诗。这本小说的机巧，那种幻觉般的色调和精致，其坚实的基础在于萨拉马戈对同一个人进行了双重虚构，第一次是佩索阿，第二次是萨拉马戈。这让萨拉马戈可以用我们本已知道的事情来逗引我们，即里卡多·雷耶斯是个虚构人物。萨拉马戈赋予其深刻和感人的维度，因为里卡多自己也感到自己在某种程度上是虚假的，最多只不过是个阴影般的幽灵，一个在世界边缘的男人。然而当里卡多这样自省的时候，我们在心里却对他生出了一种奇怪的温柔，我们意识到一些他不知道的东西，即他不是真的。

71

是否我们在某种程度上都是虚构人物，生活授权给我们，自己把自己写出来？这有点像萨拉马戈的问题：但是必须注意到他指向这个问题的方式和那些后现代小说家背道而驰，后者喜欢时刻提醒我们一切都是虚构的。有一类后现代小说家（比如约翰·巴斯）总是教育我们："记住，这个人物只是一个人物罢了。我发明了他。"然而，萨拉马戈通过发明一个人物，把同样的怀疑从相反的方向，投往现实，投往最深刻的问题。萨拉马戈掷地有声地问："只是一个人物"是什么意思？而萨拉马戈的不确定性比威廉·加斯的怀疑主义更加真实，因为在现实生活中，我们焦虑地质询自己的存在，而不是一下子就否认。

在萨拉马戈的小说里，自我只是一个阴影，就像里卡多·雷耶斯，但是这个阴影并非要说自我不存在，而仅仅表明它很难被看见，它近乎隐形，好像阳光投下的阴影警告我们，不要直接用眼睛看太阳。里卡多·雷耶斯是一个淡漠、幽灵般的存在。他不希望被拉到一个真实的关系网里，包括真实的政治关系。欧洲正闹哄哄地准备开战，但里卡多奢侈地坐在一边反思自己是否存在。他写的一首诗开头是："我们毫无价值，我们比卑微更低贱。"另一首诗开头："两手空空地行走，所谓智慧就是一个人满足于世界的幻景。"然而小说又暗示说，也许满足于世界的幻景仍然是一种罪过，当这种世界的幻景是如此恐怖。

72

这本小说的问题，以及大多数萨拉马戈作品的问题，并非琐碎的"元小说"游戏"里卡多·雷耶斯是否存在"。它尖锐得多："如果拒绝同任何人发生联系，我们是否还存在？"

73

"爱"一个虚构人物、感觉你认识她,这究竟意味着什么?这算怎样的一种了解?简·布罗迪小姐是战后英国小说中最受爱戴的一位,也是极少数几位达到家喻户晓地步的人物之一。但是如果你拿着一个麦克风跑到爱丁堡的王子大街上问人们,关于布罗迪小姐,他们"知道"些什么,那些读过缪丽尔·斯帕克小说的人很可能会背一些她的口头禅:"我正在我最好的时候","你是精英中的精英"[1],"非利士人打到眼前了,罗伊德先生",等等。这些都是简·布罗迪的名句。换言之,布罗迪小姐,根本没人真的"认识"。我们对她的认识基本上就是她教的小学生对她的认识:一堆标签,一种修辞表演,一个老师的秀。在玛西亚·布连女校,每个布罗迪小组里的人都因某事"闻名":玛丽·麦克格雷戈以愚蠢出名,萝丝以性出名,诸如此类。布罗迪小姐似乎是以她的金句出名。作为一个人物,她本身很单薄,但我们总是忍不住把厚厚的解释像大衣一样披在她身上。

---

[1] 原文为法语: crème de la crème。——译注

几乎所有缪丽尔·斯帕克的小说都是激烈地写就，虔诚地挨饿。她绝妙的简化风格："永不抱歉，永不解释"，似乎是种有意的召唤，我们感到必须把她简单的新月般的人物补足成圆盘。她拒绝打上一层解释或多愁善感的蜡，可能有些意气用事，但又是道德的。她对我们能在多大程度上了解一个人抱有极大兴趣，也有兴趣知道一个小说家——最容易自诩拥有这种能力的人——能了解她笔下人物到什么程度。通过把布罗迪小姐缩减到几条座右铭的地步，斯帕克强迫我们变成布罗迪的小学生。在小说的进程中我们从未离开学校和布罗迪小姐一起回家。我们从来没有在私下里、在台下见过她。她永远在扮演老师，永远板着一副公共场合的脸。我们推测她身上会有一些不如愿甚至绝望的事，但是小说家不让我们进入她的内心。布罗迪大谈特谈最好的时候，而一个恶意的揣测是，如果一个人大谈巅峰，只能说明巅峰已经不再。

斯帕克永远在她的角色身上施加不容还价的控制，这里她在炫耀：她在故事里面放了一系列"闪进"，好让我们知道这些人物在主要情节结束以后发生了什么（布罗迪小姐会死于癌症，玛丽·麦克格雷戈会在二十三岁时死于火灾,另外一个学生会进一个女修道院,还有一个学生会平平常常地结婚,还有一个永远不会像她第一次发现代数时那样开心)。这些冷冰冰的预言性段落让有些读者感到残忍,这完全是一些总结性的审判。但是它们很感人,因为它们令我们想到,如果布罗迪小姐从来没有过一个人生巅峰,那么对女学生中的一些人来说,她们的巅峰正是受到真诚赞美的童年,至少,她们的老师是真心在赞美:"这是你们生命中最快活的日子。"

这些"闪进"还有一个作用:提醒我们缪丽尔·斯帕克对她的造物具有绝对控制力,而且还令我们想起……布罗迪小姐。这种暴君般的权威正是布罗迪小姐最聪明的学生,姗迪·斯特林杰[1]所憎

---

[1] 姗迪·斯特林杰(Sandy Stranger, Stranger 意为"陌生人"):给人物取一个有寓意的名字,此传统之健旺,想来令人惊讶。但究其原因,正因为它并不仅仅是一项因循照办的传统。我们的名字确有含义,至少从旧约以降便是如此,上帝将雅各重命名为以色列,意思是和上帝摔跤的人。托尔斯泰一贯务实,在《战争与和平》的早期版本里,罗斯托夫伯爵就简单地叫成普罗斯托:普罗斯托(Prostoy)在俄语里的意思就是"简单,诚实"。我们见过贝琪·夏普(Sharp 的意思是"锋利,敏锐")(《名利场》),邓波儿小姐(Temple 的意思是"寺庙")(《简·爱》),还有福利斯特(Pleasant 的意思是"幸(转下页)

恶的，并且最终揭穿她的老师是一个法西斯、一个苏格兰加尔文主义者，早早地规定了她学生们的命运，逼她们变成一手捏造的形状。这是否也就是小说家的勾当？斯帕克对此很感兴趣。小说家手握上帝般的全知权力，但是她又真的能了解她的造物多少呢？当然只有上帝，我们生活的终极作者，才能知道我们从何处来，往何处去，当然只有上帝

（接上页）福快乐")(《简单的心》)，还有一众狄更斯小说里的人物，如克鲁克（Krook，谐音弯钩）和佩克斯涅夫（Pecksniff，意为以花言巧语吝嗇谈仁爱)，还有《故园风雨后》里面的查尔斯·赖德（赖德谐音 ride，有骑马、乘船等意思）和塞巴斯蒂安·福莱特（福莱特谐音 flee，意为逃跑)（偷窥的叙事者只是周游了一番，而一败涂地的主人公逃跑并且摔倒)，等等。一旦诉诸这个手段，虚构作品就真的不是很虚。毕竟，现实生活中人们也会活成名字或者活成同名字截然相反（但仍然和名字的意思有一种奇怪的联系)：华兹华斯（Wordsworth）（Word 意为"字"，Worth 意为"价值"）的字当然很有价值，克尔凯郭尔在丹麦语里意为教堂，已经过世的卡迪诺尔·辛（Cardinal Sin）（Cardinal 意为红衣主教）是马尼拉的大主教；有位杰出的哲学家约翰·维斯顿（John Wisdom）（Wisdom 意为智慧)，他是维特根斯坦的学生；而现任伊顿公学董事里有一个人的名字颇具沃（Waugh）的笔调，叫 P.J. 拉姆纳特（Remnant 意为"残余"）。莎士比亚在《亨利四世》第二部里面拿这个开过玩笑，哈尔王子嘲笑福斯塔夫的懦弱："啊，你是懦夫么，约翰·庞奇爵士（Paunch 意为大肚子）？"而胖骑士回答："我虽不是您的祖父约翰·刚特（Gaunt 意为瘦骨嶙峋)，但也不是懦夫，哈尔。"缪丽尔·斯帕克在《春风不化雨》里对此做了一个巧妙的回应，她在介绍一个讨人厌的女校长时写道："一个瘦骨嶙峋的女人，她实际上是一位来自西部群岛的刚特小姐。"

才有道德上的权力来决定这些事情。纳博科夫说过，他驱使笔下的人物就好像驱使农奴或者一个象棋子——他可没时间耗在那种比喻意义上的无知和无能，即作者会说："我不知道发生了什么。我的人物脱离了我的控制自说自话。这跟我没有关系。"[1] 一派胡言，纳博科夫说，如果我要我的人物过马路，他就过马路。我是他的主人。纳博科夫的小说和斯帕克一样，探索这种绝对权力意味着什么：提莫菲·普宁最后拒绝再被纳博科夫欺负人的叙事者驱来赶去，后者和纳博科夫本人可疑地相似。普宁令人印象深刻地讲道，他拒绝继续在叙事者"手下干活"（叙事者马上要到普宁教授任教的地方当系主任）。这就是斯帕克永久的挂虑之一，从她早期的小说《安慰者》（*The Comforters*）和《死亡警告》（*Memento Mori*）到最近的《精修学校》（*The Finishing School*）。她用小说来表现小说本身的责任和局限，实际上也表现了一切虚构的困难和局限。（苏格兰小说家阿莉·史密斯激赏缪丽儿·斯帕

---

[1] 据说普希金谈起奥涅金和达吉雅娜："你们知道我的达吉雅娜拒绝了奥涅金么？我从未料到她会这么做。"

克，并且延续了这个元小说的传统，为这一脉再添活力与噱头。）

74

这种对于虚构的自我意识，以及她对各种不同形式的追求，让斯帕克有时候像个新小说派（*nouveau romancier*），类似阿兰·罗伯-格里耶或者英国先锋派 B.S. 约翰逊，后者曾经出版过一本小说《不幸》（*The Unfortunates*），全部写在活页上，放在一个盒子里，随读者心意组合。他的稍微传统一点的小说，《克里斯蒂的复式记账》（*Christie Malry's Own Double-Entry*），也极为有趣，布满元小说的自我意识。克里斯蒂的母亲会说这种话："我儿：因为这本小说的缘故我当了你娘，一当就是十八年又五个月，直到今天……"在他母亲的葬礼上，"克里斯蒂是唯一的哀悼者，精简的亲属关系（正如其他方面的种种精简一样）是本书的一大品格。"像纳博科夫和斯帕克一样，B.S. 约翰逊在上帝和全知叙述者、全能小说家之间发现了类比关系，他们都可以尽情摆弄"象棋子儿"。有一次，克里斯蒂的母亲讲解亚当和夏娃如何吃了禁果。当然啦,她说,整件事都太荒唐了,因为上帝可以在任何时候阻止此事发生,既然他是全知的。"但是没有:上帝顺势创造了一系列事件,就像某个小说家一样……"

不过约翰逊和斯帕克之间的相异之处也发人深省。约翰逊玩味这类问题但是最终没有在它们身上久留,像斯帕克或者纳博科夫或者萨拉马戈那样。最后你不能感到那种拷问的压力。约翰逊满足于发问,屡试不爽——以非常娱乐的方式——问一个元小说的问题"克里斯蒂存在吗?"而不是问一个形而上的问题"克里斯蒂是如何存在的?"——其本质就是问"我们是如何存在的?"小说具有后现代式的轻快,因为约翰逊不能一本正经地怀疑,也因为他不能斩钉截铁地肯定(和萨拉马戈正好相反,如我们所见,后者要把怀疑从肯定里面绞干)。简·布罗迪,虽然我们只在屈指可数的几个像牌一样洗来洗去的场景中见到她,但对于斯帕克来说是存在的,具有形而上层面的在场,而对我们来说也同样如此。这就是此类"谁是简·布罗迪?谁真的认识她?"问题掷地有声、感人肺腑的原因。但克里斯蒂·马利对约翰逊来说并不存在。他在赢得存在的信任之前就被否决了。[1]

75

说我们了解简·布罗迪和了解多萝西娅·布鲁克一样深,空隙和实体具有同样的深度,人物有没有具体特征都一样能和读者灵犀相通,斯帕克、萨拉马戈和纳博科夫笔下的人物一样能像詹姆斯和艾略特的人物那般感动我们——这不算对威廉·加斯的怀疑论让步。并非所有这些人物都达到了同样的"深度",但是他们全都是意识的对象,借加斯的话说,他们所有人都不仅仅只是一堆文字(虽然他们确实都是一堆文字),而一切适用于真人的评价也同样适用于他们。他们都是"真实的"(他们具有

---

[1] 菲利普·罗斯的《反生活》(*The Counterlife*)又是一个反例:小说从元小说游戏里汲取养分,然后提出严肃的、直指根本的形而上论断:如何生活,以及如何叙述生活。加布雷尔·乔西帕维奇(Gabriel Josipovici)本着这一精神在《论信任》(*On Trust*)(2000)中讨论贝克特。他指出福柯喜欢引用贝克特在《无法称呼的人》当中的话,作为作者已死的证据:"不管谁在说话,某人说,不管谁在说话。"贝克特写道。乔西帕维奇评论说,福柯忘记了"不是贝克特说的,而是他的一个人物说的,当时这个角色说这句话是因为他正绝望地寻找谁在说话,让自己重新从一连串词语中脱颖而出,从'某人说'当中抢夺来一个'我'"。

一种现实维度），只是以不同的方式。现实的水平因作者而异，而我们对某个人物身上特定的深度或现实度的欲望，必经受每一个作家的调教，最后适应每一本书的内在规范。这也是我们哪天读塞巴尔德的方法，接下去是伍尔夫，接下去是菲利普·罗斯，并且毫不指望他们会彼此相像。这明显是缘木求鱼，指责塞巴尔德没有给我们"有深度的"或者"圆形的"人物，或者去指责伍尔夫没有像狄更斯一样给我们足够多汁的、饱满的次要人物。我以为小说之失败，不在于人物不够生动或深刻，而在于该小说无力教会我们如何去适应它的规则，无力就其本身的人物和现实为读者营造一种饥饿。在这种情况下，我们马上就没了胃口，然后就疯狂要求加倍补偿，指责作者给得还是不够——我们抱怨人物，总是不够鲜活丰满自由。然而我们做梦也不会指责塞巴尔德或者伍尔夫或者罗斯——他们中没有人特别有兴趣创造那种实心的、老派19世纪意义上的人物。他们并不让人感到失望，因为他们如此巧妙地用自己的方法、自己形形色色的局限来调教我们，给什么就吃什么，要安贫乐道。

76

甚至那些我们以为"真材实料"的传统现实主义人物,也总是越看越虚。我认为有一个基本的区别,分开了两类作家。一边是托尔斯泰、特罗洛普(Trollope)、巴尔扎克、狄更斯或者莎士比亚那样的戏剧家,他们充满"消极能力"[1],好像是不自觉地创造出一众和自己绝不相同的人物。而另一些作家要么没有兴趣,要么在这门手艺上欠缺天赋,但不管怎样却对自我产生了极大兴趣——如詹姆斯,福楼拜,劳伦斯,伍尔夫可能也是,穆齐尔,贝娄,米歇尔·维勒贝克,菲利普·罗斯,莉迪亚·戴维斯。贝娄笔下律动的个体具有狄更斯式的鲜活,贝娄自己对个体也很有兴趣,但没有人会用虚构人物的大师来称赞他。我们不会多此一举地反向自己,"奥吉·马奇或查理·西翠恩会怎么做?"[2]艾丽斯·默多克是第二类作家中最辛酸的,因为她把

---

[1] Negative capability,出自济慈1817年的一封信,原意是指诗人应"消极地"接受世界的神秘和不确定性,而不是急于寻求解决。——译注

[2] 除了在弗雷德里克·埃克斯利(Frederick Exley)的一本杰作《粉丝笔记》(*Fan's Notes*)里面,主人公兼叙事者会直接引用奥吉的例子。

一生都用于跻身第一类人。在她的哲学和文学批评中，她一再强调创作出自由独立的人物是一个伟大作家的标志；然而她自己的人物从来不曾有过这种自由。对此她也是心知肚明："用不了多久人们就会发现，不管一个人如何在通常意义上对'其他人感兴趣'，这种兴趣远远不足以让人拥有可以创造一个不是自己的人物的能力。在我看来，这种失败只能是一种灵魂层面的失败。"

77

然而默多克对自己太苛刻了。有无数小说家笔下的人物基本上彼此雷同，或者就像作家本人，然而在他们身上注入了巨大的活力，很难说他们是不自由的。《虹》里面有什么人物听上去不彼此相像，而且最后不像D.H.劳伦斯本人的吗？汤姆·布兰文，威尔，安娜，厄休拉，甚至琳狄亚——他们都是劳伦斯主题的变奏，除了口齿和教育方面的差异，他们的内在生命节律十分相似。当他们开口说话，这种情况很少，他们听上去都差不多。但不管怎么说，他们都有炽热的内在生活，而不论何时我们都可以感到，这种对灵魂的拷问，是出于作家自己的需要。在某种程度上，一些场景——夫妻之间的战争，两个对立又相近的自我之间的战争——比人物本身更有个性：威尔和安娜在丰收的月圆夜堆放一捆捆谷物；在题为"安娜"的那一章，描述了婚姻生活最初的意乱神迷，威尔和安娜发现了他们性结合的崇高，意识到世界相对于他们的激情来说无关紧要；怀孕的安娜在卧室里裸身跳舞，就像曾经大卫在主的面前跳舞，而威尔在一旁嫉妒地观看；在写去林肯大教堂的那一章里；杀死汤姆·布兰文的大洪水；厄休拉和斯克列本斯基在月下拥吻；厄休拉在压抑的伊尔基斯顿学校的场景；斯克列本斯基和厄休拉逃到伦敦和巴黎——在一家伦敦旅馆里她看他洗澡："他很苗条，对她来说，很完美，一个干净、线条利落的青年，身上没有一丁点赘肉。"

　　同样，詹姆斯的人物常常也并不是那么令人信服的、独立生动的造物。他们之所以生动起来，是因为詹姆斯对他们感兴趣，把他探索的手指压入他的泥块里面：他们是人类力量的所在，詹姆斯对他们忧心忡忡，而他们就随着詹姆斯的忧心一起律动。以《一位女士的画像》为例。很难说伊莎贝尔是怎样一个人，确切来说，她看上去似乎缺乏定义，或者你也可以说她缺乏深度,那种《米德尔马契》里多萝西娅·布鲁克的深度。

我想詹姆斯此举是有意为之。他的小说以不同寻常的拘谨和扭捏开场:三个男人,陷入轻浮的打趣,一边喝茶,一边等候主人家的侄女。他们谈论这位女士。她是不是要成年了?她好看吗?也许其中一人将和她结婚?接下来在第二章一开始,她礼貌地来了。如果詹姆斯在一个创意写作班"学习",他这种匆匆的拙劣会受到批评。他显然应该在男人和她之间加一章自然主义的填充,使其看上去不那么小说化,更加合乎时机。然而詹姆斯的思路是,这些男人——引申来说是我们这些读者——在等一位女主人公的出场,那么,自然,作者得上前把她捧出来。詹姆斯接下去在四十多页的篇幅里,交给我们满满一大盘关于伊莎贝尔的评论,大多数还自相矛盾。在这里作家扮演的完全是一个注释者的角色。伊莎贝尔很聪明,但是或许仅仅以奥尔巴尼乡下的标准来看;伊莎贝尔想要自由,但她其实害怕自由;伊莎贝尔想要受苦,但她其实不相信受苦;她是自我中心的,但她又最喜欢自谦,如此等等。这本质上是一堆乱七八糟的东西,而且并无意用什么很戏剧化的方式来呈现伊莎贝尔。这是一篇论文,一篇关于一个人物的论文。詹姆斯所做的大多是讲述而不是呈现。

78

其实詹姆斯在这里表现出,他还没有完全给人物定好形,她相对而言仍是无形的,一种美国式的空白,而小说将会为她塑形,不论是好是坏,欧洲会填充她的形状,就在等待的时候,三个旁观的人亦将赋形于她,我们读者亦然。他们和我们是一种古希腊的合唱队,对她的一举一动评头论足。其中两个男人,沃伯顿勋爵和拉尔夫·杜谢会用一生时间来看她。詹姆斯问,可怜的伊莎贝尔为她自己写出了怎样的剧本呢?多少是她为自己写的,多少是别人为她写的呢?到最后我们是否真能知道伊莎贝尔的样子,还是我们仅仅能画出一位女士的肖像?

所以一个文学人物的活力,和戏剧化的行为、小说的连贯甚至最基本的可信度——更不要说可爱度——关系不大,真正有关系的是一个更大的哲学或形而上学的意义,是我们意识到一个角色的行为具有深刻的重要性,某种重要的东西正遭受威胁,而作家在人物头顶沉思,正像神在水面上沉思。读者便是如此在他们的脑海中保持"伊莎贝尔·阿切尔"作为人物的形象,即使他们不能告诉你她到底长什么样子。我们记得她,是类似于我们好像朦朦胧胧记得某个重要的日子:那天发生了什么重要的事。

79

在《小说面面观》里,福斯特使用了现在广为人知的术语"扁平"去描述一种人物,他们只有一种单一的基本特征,在整部小说里一次又一次反复出现不加变化。往往这类人物有一个口头禅或者标签或者关键词,比如米考伯夫人,在《大卫·科波菲尔》里面,喜欢重复,"我永远不会抛弃米考伯先生。"她说她不会,她确实也没有。福斯特基本上对扁平人物嗤之以鼻,对他们大加贬斥,把高级位置留给更圆或者说更丰满的人物。他断言,扁平人物不具有悲剧性,他们必须是喜剧人物。圆形人物再次出场时"令人惊讶",他们不是轻薄地哗众取宠,他们总是能很好地在对话中和其他人物建立联系,"并且把其他人引出来一点都不显得刻意"。

扁平人物不能令我们惊讶，只是很单调地矫揉造作。福斯特提到一个当代小说家写的畅销小说，里面的主角是扁平的，一个农民，口头禅是"我要把地里那点荆豆除掉"。但是，福斯特说，我们被这个农民的一成不变弄得麻木了，毫不在意他到底做还是不做。他认为，米考伯夫人幸而还带点喜剧的轻快，让她在同样的一成不变之中不那么沉闷。

　　这话对吗？自然，我们看到一个漫画式的丑角总能一眼认出来，而且漫画丑角基本上都没什么大趣味。（虽然有时候这是小说家坚持论点的一种方法……）但是如果我们所谓的扁平是指一个人物，往往但不见得永远是一个次要角色，往往但不见得永远是搞笑的，其作用是阐明人类本质上的某个真相或特征，那么许多有趣的人物都是扁平的。我会高高兴兴地把"圆形人物"驱逐出去，因为它高压统治我们——读者，小说家，批评家——强加给我们一个不可能的理念。"圆形"在小说当中是不可能的，因为虚构人物，虽然以他们自己的方式充满活力，但并非真人（当然现实生活中也有很多真人颇为扁平，似乎不怎么圆，后面我会讲到）。真正要紧的是微妙性——分析，质询，考虑，感受压力的那种微妙——表现这种微妙只需要一个小口子就行了。福斯特的分类法使长篇小说凌驾于短篇小说，因为在短篇小说里人物没有空间去变"圆"。但是我知道契诃夫《吻》里面士兵的心思比我了解《名利场》里面贝琪·夏普要多，因为契诃夫对他那位士兵心灵的质询，比萨克雷的一系列生动描写更为敏锐。[1]

再退一步讲，许多小说中最生动的人物都是

---

[1] 用空间来比喻深浅、圆扁是不充分的。更好的分类法——虽然也不完美——是透明程度（相对简单的人物）和晦涩程度（相对神秘的人物）。许多引人入胜的故事是对神秘的探索，从哈姆雷特到斯塔夫罗金到 W.G. 塞巴尔德的《移民》。斯蒂芬·格林布莱特（Stephen Greenblatt）在《俗世威尔》（2004）当中说，在他的悲剧里面，莎士比亚系统性地缩减"明显的心理动机，即一个角色所需的让人信服的东西。莎士比亚发现可以无限增加他戏剧的深度，可以在观众和他自己心里唤起一种激情澎湃的回应，只要他拿走主要的解释性元素，排除理性原则、动机，或者道德原则，这些被视为情节展开的必要条件。原则不是制作一个有解的谜，而是一种有意为之的晦涩"。为什么李尔要考验他的女儿？为什么哈姆雷特没法踏踏实实地为死去的父亲报仇？为什么伊阿古要毁掉奥赛罗的生活？莎士比亚的原文都提供了详细的答案（伊阿古爱黛斯德梦娜，哈姆雷特会杀掉克劳迪思，李尔对女儿即将到来的婚姻感到不满）。但是莎士比亚对这种清晰透明没有兴趣。格林布莱特的观点同样和第 88 节有关，那里我展示的是小说扔掉幼稚的剧情，以写出"不圆满"的故事，在第 111 节，我讨论小说之于伯纳德·威廉姆斯（Bernard Williams）在道德哲学中渴求的复杂性可能做出了哪些贡献。

一根筋的偏执狂。比如哈代的迈克尔·韩恰德，在《卡斯特桥市长》里面，就靠他那个唯一的秘密燃烧着，或者《诺斯托罗莫》里的古尔德，他只能想到他自己的银矿。卡素朋也是，全身心扑在他那本无限之书上。这些人物本质上是扁平的吗？他们一开始或许能使我们感到惊讶，但是很快就技穷了，因为他们内心早就被某个核心需求占据了。然而扁平并不减损他们的生动、有趣，或者作为一个人物的真实。他们并不是卡通人物，这是福斯特讨论当中暗含的。（他们不是卡通人因为他们所偏执的东西本质上不是卡通的而是具有内在的趣味——持续的惊喜，或许可以这么说。）

福斯特力图解释，何以我们察觉到狄更斯的大部分人物是扁平的，然而与此同时这些精彩的匆匆一瞥又潜移默化地感动了我们——他声称是狄更斯自己的活力让他们在纸上"律动"起来。但是这些律动的扁平并不仅仅在狄更斯那里如此，在普鲁斯特那里亦然，他也很喜欢给他的人物贴上各种口头禅关键词，甚至托尔斯泰在某种程度上也是，哈代的次要人物也是，曼的次要人物（他像普鲁斯特和托尔斯泰一样，使用一种便于记忆的主题，一种重复的特征或性格,来保证每个人物的活力)也是,还有简·奥斯丁更是用得登峰造极。

80

福斯特不可思议地宣布奥斯丁属于圆形人物阵营,而这无非表明了他需要拓展其扁平人物的定义。关于奥斯丁最惊人的就是,只有她的女主人公们真的有能力发展、制造惊喜:她们是唯一具有意识的人物,唯一我们看到能做深度思考的人物,她们有主人公的气场,从某些方面来说,因为她们拥有意识的秘密。作为对比,她们周围的次要角色很明显都是扁平人物。他们是被外部的眼光打量,他们只能通过言谈来展示思维,并且他们也无所作为:考林斯先生,贝茨小姐,伍德豪斯先生,等等。次要人物属于戏剧讽刺的舞台,那些女主人公属于新出现的、具有全新复杂性的形式,即小说。

以莎士比亚的《亨利五世》为例。如果你叫大多数人区分哈利亲王和威尔士军官弗鲁爱林,将两者分别放到福斯特标准的阵营当中,亲王会进圆形阵营,弗鲁爱林进扁平阵营。亲王是个大角色,弗鲁爱林是个小人物。哈利常常演讲、思考,他独白,他高贵,机智,大言不惭,而且出人意表:他乔装来到士兵中间和他们自由交谈。他抱怨王位的重负。弗鲁爱林相反,是一个搞笑的威尔士人,那种菲尔丁或塞万提斯乐于讽刺的呆学究,永远在谈军事历史,谈亚历山大大帝,谈威尔士人,还有蒙默思。哈利很少引我们笑,而弗鲁爱林常常可以。哈利是圆形的,弗鲁爱林是扁平的。哪个演员在面试时会选弗鲁爱林而不选亲王的角色呢?("很抱歉,布拉纳先生已经把那个角色预留给自己了。")

但是两个类别也可以很容易倒过来。这部戏的国王哈利,不像两部《亨利四世》里的哈利,只不过披了一身王者做派,但是颇为乏味。他十分雄辩,但那似乎是莎士比亚的雄辩,不是他自己的(十分正式,爱国,威严)。他抱怨王位带来的重负似乎有点形式化,有点自怜,也没告诉我们多少他自己的事(除了,在一个笼统的意义上,他很自怜)。他完全是一个公共人物。相反,弗鲁爱林是一个鲜活的英国兵。他的演说,除了莎士比亚加进去的"威尔士风味"——"您瞧吧!"之类的——完全气质鲜明自成一格。他是个学究,却是一个有趣的学究。在菲尔丁那里,一个学究气的医生或者律师说起话来就像一个学究气的医生或者律师：他的学究气职业性地与他的个性绑在一起。但是弗鲁爱林的学究气是无限的，并且带有一点语不惊人死不休的意思：为何他精通古典，知道亚历山大大帝和马其顿的菲利普？为什么他自命为军队里的军事史学家？他同样令我们惊讶：一开始我们以为他的夸夸其谈会取代他战场上的英勇，就像福斯塔夫那样，因为我们自以为认出了一种人——他们谈论战争，但不上战场。但他却证明是英勇和忠诚的。而他的耿直——又是反类型的——并非装装样子。（就是说，他并不只是谈论政治，虽然他确实在这方面大发宏论。）他身上还有令人开怀的地方，因为这个人对世界上的知识和文学无所不知，同时又是一个小小的威尔士地域主义者。他就蒙默思同古代的马其顿如何相似发了一通独白，既有趣又感人：

> 告诉您吧，上校，如果您看一下世界地图，我保证您会发现，对比一下蒙默斯和马其顿的情况，您瞧吧，各方面都很像。而且马其顿有条河，蒙默斯也有一条河。

我仍然会碰到弗鲁爱林那样的人。当一个喋喋不休的人在火车上开始谈他的家乡，说类似于"我们也有那种东西啊"——商场，歌剧院，闹市的酒吧——"在我家乡，也是这样，你知道吧。"你容易感到，弗鲁爱林身上的欢乐，同时又泛起一种隐约的同情，因为这种胡搅蛮缠的地域主义永远自相矛盾：地域主义者总是既想又不想和你交流，既想维持地域性，又希望能够通过和你联系来去除身上的地域主义。大约四百年以后，在一个叫作《手推车》("The Wheelbarrow")的故事里，V.S.普利切特（V.S.Pritchett）回到了弗鲁爱林。一个威尔士出租司机，伊凡斯，正在帮助一位女士清理房间。他发现一个盒子里装了一本古老的诗集，突然大声轻蔑地说："谁都知道全欧洲的诗歌源头在威尔士。"

81

实际上英国小说里面，扁平人物随处可见，从考林斯先生到查尔斯·赖德的父亲，向我们深刻揭示了英国人在沉默和社交之间的辩证关系，同样也向我们展示了英国人的戏剧性。这没什么好惊讶的，在英国小说中自我往往非常戏剧化，到底祖师爷是莎士比亚。当然很多莎士比亚的人物不仅仅很戏剧化，他们还会自导自演。他们耽于幻想，往往是幻觉，自以为能量很大，地位很高。李尔王，安东尼，克里奥佩特拉，理查二世，福斯塔夫，奥赛罗（临死以前还命令观众铭记他的殒亡："请你们记下这些话，/ 再补充一句，曾经在阿勒颇，/……我一把抓住这受割礼的狗子 / 就这样一剑把他杀了"[1]）都是如此。同样，次要人物如朗斯、博特姆、奎克莉夫人，亦会很轻易地就爆发，充满喜感，与历史脱节。

自莎士比亚以降，涌现了一批给自己加戏的、有点唯我主义的、浮夸的，但可能本质上很害羞的人物，出没于菲尔丁、奥斯丁、狄更斯、哈代、萨克雷、梅瑞狄斯、威尔斯、亨利·格林、伊夫林·沃、V.S.普利切特、缪丽尔·斯帕克、安古斯·威尔森、马丁·艾米斯、扎迪·史密斯等人的作品，一直到令人尴尬叫绝的巨蟒剧社（Monty Python），还有瑞奇·热维斯塑造的大卫·勃兰特。这类人的典型是《大卫·科波菲尔》里的奥摩儿先生，大卫

---

[1] 选自朱生豪译本，有改动。——译注

找他去做丧服的那个裁缝。(大卫在去参加母亲葬礼的途中。)奥摩儿先生是一个英国式的自言自语者,一直叽叽歪歪地就大卫的悲伤大放厥词而毫不害臊:"给我看了一卷布,他说质量超好,用来悼念没爹没娘的那档子事简直可惜了,"又说,"时尚就像人。他们来了,没人知道什么时候,为什么,怎么来的;他们又走了,没人知道什么时候,为什么,怎么走的。就我来看,一切都像生命,如果你也从这个角度来看的话。"

这里揭示出了关于自我的一个真相,即它不可抑制,或者说不负责任——自由在本该循规蹈矩的灵魂里挑起骚乱,自我的弱点是自由,挥霍无度,自我犒赏。奥摩儿先生坚决做他自己,即使需要把服装时尚比作发病模式也在所不惜。但我们不能说他是一个"圆形"人物。他只存在短短一分钟。但与福斯特的论断相反,平面人物如奥摩儿真的能"令我们惊讶"——意义在于,他只需要惊到我们一次,然后可以永远退出舞台。

米考伯夫人的口头禅"我永远不会抛弃米考伯先生",确实向我们揭示了她如何维持形象,在公众面前营造出一种戏剧性,所以这句话确实告诉我们她是怎样一个人；但那个老是说"我要把地里那点荆豆除掉"的农民在小说中丝毫不能维持类似的魅力——我们对口头禅后面的那个他一无所知。他不过是把农业上的意图说出来而已。因此他很无聊；罪不在"一成不变"。而我们都知道，现实生活中确有像米考伯夫人那样的人，老是用一系列套话、标签、姿态去维持某种表演。

意识简史

82

塞万提斯要在旅途当中给堂吉诃德配一个桑丘·潘沙,原因之一在于骑士必须有个说话的人。当堂吉诃德派桑丘去寻找杜西尼亚,在整部小说中首次长时间地孑然一身,他并不思考,以我们今日对这个词的理解而言。他大声讲话,他独白。

小说始于戏剧,小说的特征始见于独白转入内心。相应地,独白来源于祈祷,只要去看一下希腊悲剧、《奥德赛》第五卷、《旧约》的《诗篇》、大卫在《撒母耳记》(上、下)当中献给主的颂歌。莎士比亚的男女主人公仍然在用独白向神灵求助,如果说那不算祈祷的话:"来,注视着人类恶念的魔鬼们！解除我女性的柔弱。"或者"吹吧，风啊！胀破了你的脸颊！"[1]如此等等。演员来到舞台前沿，将他的心思吐露给观众，这观众既是高高在上的神明，又是坐在位子上的我们。19世纪的小说家如夏洛特·勃朗特和托马斯·哈代，继续用"独白"这个动词来表示笔下人物的自言自语。

小说改变了塑造人物的方式，一部分是通过改变人物到底为谁所见。想想以下三人，他们每一个都受到命运无常的摆布：《旧约》中的大卫王、麦克白，还有《罪与罚》里的拉斯科尔尼科夫。大卫王在屋顶散步，看到了拔士巴，赤身裸体在洗澡，立马欲火攻心。他决意把她变成自己的情妇和妻子，杀掉她碍事的丈夫，遂引发一连串事件，最后引来自身的垮台和上帝的惩罚。麦克白的一生因三个女巫的蛊惑染上污点，犯下弑君夺位之事。他同样遭受惩罚，如果这种惩罚并非直接来自上帝，那也是来自"不偏不倚的正义"，来自"同情，像一个赤条条的新生儿"。而拉斯科尔尼科夫，在一个

---

[1] 这两处引用分别出自《麦克白》第一场第五幕和《李尔王》第三场第二幕，译法选自朱生豪译本。——译注

明显受莎士比亚影响的故事里,同样为一个理念所毒害——即杀死一个可怜的当铺老板,他便可以如拿破仑般凌驾于芸芸庸众之上。他同样也必须"接受他的惩罚",用陀思妥耶夫斯基的话来说,接受上帝的纠正。

83

《旧约》叙事中确有不少微妙的曲笔——大卫政治上的精明,他为扫罗如此待他而难过,他对拔士巴的情欲,他因儿子押沙龙的死而悲痛——尽管如此,大卫仍然是一个公开的人物。在现代意义上,他没有隐私。他鲜少对自己袒露心迹,他诉说的对象是上帝,他的独白是祈祷。他对我们而言是一个外人,因为在某种程度上他并非为我们而存在,而是为上帝存在。他被主看见,他在主眼中是透明的,在我们眼中却晦涩难解。这种晦涩能带来美妙的意外,用 E.M. 福斯特的话来说。例如,大卫遭到上帝诅咒,上帝通过先知拿单告诉他,大卫一家将遭天谴,从他的孩子开始。结果大卫的孩子真的刚出生就死了。大卫的反应很有意思。当孩子仍在病中,他禁食并且哭泣,而孩子一旦病死,他就沐浴更衣,膜拜上帝,吩咐仆人们上菜。仆人们问他何以如此行事,他回答:"孩子还活着,我禁食哭泣,因为我想:或者主怜恤我,使孩子不死,也未可知。孩子死了,我何必禁食?我岂能使他返回呢?我必往他那里去,他却不能回我这里来。"将这一段翻译成现代英语的罗伯特·奥特尔(Robert Alter)评论道:"大卫如此行事,其侍臣与读者大众皆始料不及。"

大卫平静而庄严的投降("我必往他那里去,他却不能回我这里来")是美妙的,也是出人意表的。大卫"魂灵很轻",尽管上帝诅咒他,尽管失去了孩子,失去了押沙龙,大卫在床上死得安详,他告诉儿子所罗门,"我现在要走世人必走的路。"

我们感到大卫很晦涩,恰恰因为他在上帝眼中是透明的,上帝是他真正的观众。对于《圣经》作者最要紧的不是大卫的心理状态,而是整个故事,大卫一生的轨迹。而这个故事,这个轨迹,既属于人,又不尽然属于人——不尽然,因为始作俑者既是人也是神。大卫的一生一部分由他的所作所为决定,但其余部分,我们也许可以说,是由上帝的惩罚所决定。某种意义上说,讲故事的是上帝,他写下了命运的剧本。大卫是没有心灵的，以我们所理解的现代意义的主体性而言。说起来，他没有过去，也没有记忆，因为只有上帝的记忆才有意义，才永不遗忘。当他看到拔士巴，他产生的不是一个想法，至少不是耶稣——那个郁郁寡欢的心理学家——所谓的只要带着邪念看一眼妇女就已经犯了通奸罪的想法。耶稣在此宣扬的是，想法和行为一样重要。但是对于写下大卫故事的人来说，心理状态恰恰需要阻隔掉，行动就是一切："他在王宫的平顶上游行，看见一个妇人沐浴，容貌甚美。大卫就差人打听那妇人是谁。有人说，她是以连的女儿，赫人乌利亚的妻拔示巴。大卫差人去，将妇人接来，那时她的月经才得洁净。她来了，大卫与她同房，她就回家去了。于是她怀了孕……"大卫看见，然后行动。单以叙事而言，他不思考。

84

看着麦克白的与其说是上帝，不如说是我们，观众。你可以说，当他在我们面前为身陷窘境而表现出痛苦不堪时，他的祷告是独白，非常接近内心的想法。这部戏之所以有冲击力，原因之一在于它具有家庭私密性,我们好像在偷听麦克白婚姻里可怕的隐私,更别提他们那些悔恨滔滔的独白了。在某些时刻,该剧似乎想抽身将自己发展为某种新的形式:小说的形式。比如在第三幕第四场的宴会上,当麦克白看见班柯的鬼魂,麦克白夫人两次向他俯去,试图坚定他的信心。我们必须想象,人物之间近乎耳语的交谈,因为他们是当着宾客的面。"什么!你傻了吗,把你的男子气概都丢掉了吗?"麦克白夫人说。"如果我此刻是站在这里,那么刚才我就看见了他。"麦克白回答道。"啐!不害羞吗!"凶猛的妻子如此回应。这段在台上演出来总是很尴尬,因为出席的群臣必须在背景里窃窃私语——这种舞台处理并不让人信服——好像他们听不到正在说的台词。夫妻间对话的私密性,造成了戏剧上的难题:在台上哪里可以让这很现实地发生?我认为莎士比亚在这种时刻本质上是一个小说家。当然,在纸上,这些时刻尽可以获得表现空间,只要小说家感觉值得写;这只不过是一个视角调整的问题("麦克白夫人迅速转向她脸色煞白的夫君,尖利的指甲紧紧抓住他的手,朝他嘘声,'什么?你傻了吗?把你的男子气概都丢掉了吗？'"[1]）。

大卫的故事几乎完全是公开的，麦克白的故事是被公布出来的隐私。而这位孤隐之人与大卫的不同在于，他保存着记忆。记忆——"脑子的看守"——不会放过麦克白。"我单调的脑中写着/已经忘掉的事情。"麦克白悲惨地说，但这部戏其实演的是德昆西在《一个英国瘾君子的自白》里可怕的、比弗洛伊德更早的劝诫："根本没忘却这回事。"所以对麦克白的诅咒不是神学层面上的，虽然设置了三个女巫还有幽灵；真正的诅咒是心理层面上的，"写在脑中的烦恼"。现在一个人物的想法，可以回溯，可以穿梭于现在和过去之间，容下整个生命：

> 我已活足年月。生活于我
> 是枯萎，是黄叶
> 而理应与晚年做伴的东西
> 荣誉，爱，服从，高朋满座
> 我决不奢望拥有……

---

[1] 对话译文参考朱生豪译本，有改动。——译注

85

如果麦克白的故事是被公布出来的隐私,那么拉斯科尔尼科夫就是受到详细检查的隐私。上帝仍然存在,但他并没有看着拉斯科尔尼科夫——至少也要等到小说结尾处拉斯科尔尼科夫接受了基督之后。在此之前,看着拉斯科尔尼科夫的是我们,读者。关键的不同是,相比剧院的观众,我们是隐形的。在大卫的故事里,听众在很大程度上是无关紧要的;在麦克白的故事里,观众是可见而安静的,独白确实让人感到不仅在对观众演讲,同时也在和人交流——和我们——而我们不会回应,这是一个有来无回的对话。拉斯科尔尼科夫的故事中,观众——读者——是隐形的,并且将一切尽收眼底:所以读者取代了大卫的上帝和麦克白的观众。

86

这种巨大的转变意味着什么?显而易见的是,独白可以不用说出来了,更接近于真正意义上的在心里说。人物也从不可或缺的雄辩中解放出来;他是个普通人。(这正是拉斯科尔尼科夫不能忍受的。)内心独白自然允许重复,省略,歇斯底里,粗俗——内心的结巴。如果莎士比亚的人物常常好像无意中听到了自己的独白[1]，那么现在是我们在偷听拉斯科尔尼科夫。他灵魂的每一个位面都向我们暴露无遗。另外值得留意的是，大卫王说不上有什么内心，麦克白的内心遭受惩罚，拉斯科尔尼科夫的内心是其痛苦的始作俑者，它自行发明出谋杀妇人的理念。

在新来的隐形观众面前，小说变成了分析无意识动机的能手，因为角色已经不必再把动机说出来了：读者变成了阐释家，在字里行间寻找真实的动机。一方面，缺少可见的观众，似乎驱使这位普通人去寻找观众，其方式在尊贵人物如麦克白们的眼里一定显得荒诞不经。《罪与罚》中很多人物似乎被强迫去演一出可怕的木偶戏、情节剧，在其中他们演的是自己的一个版本，好叫人弹眼落睛。大卫和麦克白都是行动派——你可以说他们天生具有戏剧性（他们知道自己的观众是谁）；拉斯科尔尼科夫的戏剧感很不自然，至少有些造

---

[1] 这是哈罗德·布鲁姆的说法，见于《西方正典》(1994) 及其他。

作：他希望吸引注意力，他极度不稳定、不可靠，在某些时刻躲躲藏藏，又在另一些时候和盘托出，这一场骄傲自大，下一场又会妄自菲薄。在小说中，我们能比任何其他文学形式所允许的更真切地看见自我；但也不妨说自我就是被这等隐形的检查逼疯的。

87

小说在处理情节和吸引我们关注心理动机方面的能力，显示出技术层面的惊人进步。奥西普·曼德尔施塔姆写过一篇文章叫《小说的终结》(The End of the Novel)，他在里面说，"小说在一段极其漫长的时间里得到完善和加强，这种艺术形式吸引读者关注个体的命运"，并挑出两项技术层面的完善：

    1. 由传记（圣人的生活、泰奥弗拉斯托斯意在道德教化的人物速写，等等）转变为一段有意义的叙述或情节。
    2. "心理动机"。

88

亚当·斯密在《修辞学和文学讲义》中，控诉当时还算年轻的小说，"新就是小说唯一的优点，好奇心是吸引我们去读的唯一原因。作家们非得用上这种方法（即悬念）来吊住胃口。"这是 18 世纪中早期对无脑悬念的攻击——这类控诉今日惯用于惊悚故事和低俗小说。

但小说很快就显示出它很乐意放弃幼稚的情节，转营维克多·什克洛夫斯基所谓"不圆满的"有"假结局"的故事（他指的分别是福楼拜和契诃夫）。[1] 回到艾丽斯·默多克的例子，她那么想创造出自由的人物却屡屡失败，她的失败不是因为缺乏心理洞察，也不是因为立意肤浅——正好相反——而是失败在像菲尔丁那样一门心思要搞出庞杂的情节。她离奇的、连续剧式的、站不住脚的故事，仍然大量借鉴 18、19 世纪的戏剧，还没有成熟

---

[1] 《散文理论》（*Theory of Prose*），由本杰明·舍尔（Benjamin Sher）翻译（1990）。

到容她展开一系列复杂的道德分析。[1]

89

如曼德尔施塔姆所说,小说源起是对宗教传记圣人故事的世俗回应,并且遵循的是古希腊作家泰奥弗拉斯托斯的传统,他勾勒出一系列的类型——守财奴,伪君子,痴情种,等等。(堂·吉诃德属于现代小说的地方就是塞万提斯决意戳穿"神圣的"骑士传说,比如亚瑟王,还有高卢的阿玛迪斯。)由于这些肖像互不相干,你没法拿来相

---

[1] 以我之见,此亦某类后现代小说的软肋——比如说品钦的《逆时》(*Against the Day*)——仍旧钟情于菲尔丁那种快节奏的、闹剧般的、打了强光的傻呵劲。这些方面品钦实在太18世纪了:喜欢搞流浪汉故事的情节连缀;讽刺炫学,但同时又喜欢炫学;习惯让扁平人物在台上跳一段然后把他们迅速抹除;杂耍般地热衷于蠢名字、笑话、事故、伪装、低级错误等等。是能从这些可爱的填满人物的油画上得到一些愉悦;这里面也确实有极美的段落,然而一如闹剧,终极严肃性要付上不菲的代价:没有人会受到真正的威胁,因为他们并不真的存在。情节一刻不停地制造出来,好像一个巨大的涡轮机,一切人物的声音都被它的噪音盖过。《万有引力之虹》里的纳粹上尉布利瑟罗,《逆时》里冷酷无情的金融家斯卡斯戴尔·韦伯(Scarsdale Vibe),都不是真正令人害怕的人物,因为他们不是真实的人物。但吉尔伯特·奥斯蒙德,纳普塔先生,彼得·韦尔霍文斯基,还有康拉德笔下无政府主义的教授,都是真的很吓人的角色。

互对比。

泰奥弗拉斯托斯和宗教的巨大影响贯穿了18、19世纪的小说,并且仍然可见于电影及各种通俗小说:坏蛋是坏蛋,英雄是英雄,黑白分明——想想菲尔丁、哥尔德斯密斯、斯考特、狄更斯、沃(Waugh)。这些作家笔下的人物有稳定的本质、不变的特征。

但与此同时,另一种小说也在发展,这里面的人物内心正邪交战,自我绝不接受静止不变。小说开始探索的是人物的相对性,这个路数转而会影响20世纪早期的英美小说,特别是当陀思妥耶夫斯基开始翻译成英文(劳伦斯、康拉德、福特,还有伍尔夫是主要受益人)。而这一切差不多可以追溯到一部卓越的小说,《拉摩的侄儿》,狄德罗写于18世纪60年代,不过直至1784年才出版。在这段激烈的对话里面(它是以类似戏剧的形式写出来的)有一次虚构的相遇,著名作曲家让-菲利普·拉摩不为人知的侄儿碰到了一个叫"狄德罗"的对谈者。拉摩的侄儿一开始似乎很明显是那种很典型的法国人——世故的犬儒主义者,一个把社会看透的人，卢森堡公园里的尤维纳利斯[1]。但狄德罗多写了一个神来之笔，即让他满怀怨念地依附于他著名的作曲家叔叔，这个形象变复杂了。拉摩的侄子在派对上模仿叔叔的作品取乐，他说他觉得这些音乐很无聊，他坐在假钢琴边上，假装演奏，一边挤眉弄眼，大汗淋漓，浅吟低唱。他很不稳定，狄德罗形容他一月一变样。他心中也很空虚，因为他想成名："我想变成别人，虽然我可能是一个天才，一个伟人……是，是，我平庸而愤怒。"他说没有一次听他叔叔的作品时不想："这是你永远做不了的。"他大谈自己的妒忌："我写下的钢琴曲没人演奏，但可能是唯一能流传百世的作品，到时候自有人弹。"他欣赏罪犯身上对于社会的疏离，正如拉斯科尔尼科夫。

他的对谈者——那个叫狄德罗的人物——在社会中看到的是理智和秩序，而拉摩只看到虚伪。那个狄德罗说自己常读"拉布吕耶尔、莫里哀和泰奥弗拉斯托斯"——那些好为人师的作者，尽写稳定的、道德的、讽刺的人物。他说这些作家教人认

---

[1] 古罗马讽刺诗人。——译注

识义务，爱真善美，恨假恶丑——我们正期待这个人物如此夸夸其谈。拉摩的侄儿回答说，他从这些作家那里只学到了欺诈和伪善："读《伪君子》(*Tartuffe*)时我告诉自己：不论如何都要活得假一点，但别让人听出来。把那些有用的罪恶留下来，但言行不能露马脚，不然会变成人们取笑的对象。"（借这段对话，狄德罗是在臧否那种简单化的人物创作，他自己的小说已超乎其上。）拉摩的侄儿是个小丑、弄臣，但此作的丰富性就在于它微妙地暗示了他也可能是一个不得志的天才，可能比他的叔叔更有天赋。

以这个人物为滥觞，有了心理浮夸而又敏锐的人物风潮，司汤达，陀思妥耶夫斯基，汉姆生，康拉德，伊塔洛·斯维沃，拉尔夫·艾里森的《看不见的人》，还有《维特根斯坦的侄子》，托马斯·伯恩哈德在里面追随狄德罗的脚步，提出大名鼎鼎的哲学家维特根斯坦的侄子，保罗·维特根斯坦，其实是一个比他叔叔更伟大的哲学家，理由正是他并不把自己的哲学写下来。

90

看看司汤达在 1830 年出版的《红与黑》里是如何承前启后的:于连·索黑尔之不可预测引人注目。就像狄德罗的拉摩,于连浸淫于讽刺、自私自利和没有根据的怨恨。他一心要让德·瑞纳夫人爱上自己,不是出于任何天然的冲动,而是因为他骄傲地相信他将如此征服社会,以此报复她对他的轻视:"于连对自己说,我对这个女人的性格知道多少?只有这点——在离开以前,我抓住她的手她抽回去了;今天她抓住我的手紧紧贴在上面的时候,我抽回去了。这是一个报复她曾经对我轻蔑的好机会。天知道她到底有多少情人。也许她喜欢我不过是因为我们见面比较容易。"[1]

司汤达为这个复杂人物添上的绝妙一笔是,不管他对自己怎么说,于连实际上,不知不觉地已经爱上了德·瑞纳夫人。(这种小说式的心理微妙处很难体现在狄德罗的对话形式里。)对于连的描绘异常高明,因为他其实比他的利己主义更加高尚。他

---

[1] 这当然绝非意外,人物塑造上的跃进伴随着技术巨大发展:司汤达的松散、轻松、聊天式的写作让他可以写出很接近意识流的内心独白;小说后面部分有一段这种叙述,持续了四页没有中断。

的座右铭是"人必为己,因为所谓生活就是一片利己主义的荒漠",很合法式犬儒的口味。但他其实没法这样生活。他太热情,太高尚。像狄德罗的拉摩,他推崇伪君子。但他一点也没有拉摩那个角色的卓越智识和全局眼光,而这是司汤达的伟大创新。于连被塑造为一个可怕的说真话的人,但他只是一个有灵性的、没受过良好教育的浪漫主义者,一个边远小地方来的人,他不够聪明不够成熟,头脑发热,胡思乱想着拿破仑式的帝王将相。我们,读者,可以看出来。他的认知起伏不定,有时他洞若观火,但更多时候他不像自己认为的那样能读懂上层社会的暗码。他骄傲地虚伪,但不是每次都足够虚伪,把他显眼的虚伪藏好——他永远让心里话脱口而出,在那些应该守口如瓶的时候。

91

在巴黎,于连爱上了出身高贵的马蒂尔德,他雇主的女儿。情人都想做对方爱的奴隶;但又都骄傲得不行,同时还想做对方的主人。马蒂尔德浪漫地爱上了于连的傲世独立,但感觉嫁给一个仆人是自降身份。于连爱着马蒂尔德但又怕她居高临下。

陀思妥耶夫斯基的创作在1840年代到1881年之间，他是法国文学的热切读者，最后成了一个甚至更加伟大的小说家，擅长捕捉这种骄傲和自卑。有一个直接的传承关系：卢梭—狄德罗—陀思妥耶夫斯基。

1864年出版的《地下室手记》里有一个著名场景，叙事者，一个微不足道但心高气傲、反社会的边缘人，在一个小酒馆里碰到了一个相貌堂堂的骑兵军官。那军官被叙事者堵了路，随手把他拎起来扔到一边。叙事者受到了羞辱，每天晚上辗转反侧图谋报复。他知道那个军官每天必会经过涅瓦大街。叙事者跟着他，在远处向他投去"赞赏"的目光。他决定从相反的方向走过去，当他俩相遇，这次，他，叙事者，必毫厘不让。但不管什么时候两个人要碰到了，他都会惊慌失措，让到一边，让军官大步而去。晚上他醒来，强迫症一般地反复问自己："为什么非得是我先让步？到底为什么是我，而不是他？"最后他守住了阵地，两个人擦到了肩膀，叙事者欣喜若狂。他回到家唱起意大利咏叹调，感到彻底报了仇。但这种心满意足只持续了没几天。

陀思妥耶夫斯基是一个伟大的分析师——某种程度上是一个发明者——发明了一个心理范畴，尼采所谓的无名怨愤（ressentiment）。陀思妥耶夫斯基一次又一次地向我们展示了骄傲其实和自卑只有一步之遥，而仇恨与一种病态的爱也只有一步之遥，拉摩的侄子远比他愿意承认的更加依赖他叔叔，于连对德·瑞纳夫人和马蒂尔德都是又爱又恨。在涅瓦大街那则逸事里面，那个弱者厌恶但又"欣赏"军官——从某种程度上来说，他厌恶他因为他欣赏他。

他的无能为力与其说和他的实际处境有关，不如说是关于他想象中和军官的关系，一种无能为力的依赖。陀思妥耶夫斯基会把这种心理煎熬称为"地下"，意思是一种有害的、无力的分裂，一个长期不稳定的自我，自吹自擂的骄傲随时都可能毫无预兆地撞上它的对头——阿谀奉承的自卑。[1]

---

[1] 陀思妥耶夫斯基对于无名怨恨的分析已经预言了我们今日深陷的泥沼。很显然，恐怖主义就是无名怨恨（这恨有时并非全无来由）的胜利；陀思妥耶夫斯基笔下的俄国革命者和地下室人，基本上都是恐怖分子。他们梦想对这个软弱得不值得饶恕的社会发动强硬的复仇。正如《地下室手记》的叙事者"欣赏"他恨的那个骑兵军官，也许某一类伊斯兰原教旨主义者既仇恨又"欣赏"西方的世俗社会，并且因为欣赏它而恨它（在陀思妥耶夫斯基的心理系统里，恨它，因为它曾经对他好过——给他药品，或者给他们科技，他们可以用来把飞机撞进大楼）。

没有什么小说，即使狄德罗和司汤达的作品也不能教人准备好，去领教陀思妥耶夫斯基的人物。比如在《卡拉马佐夫兄弟》里面，小丑般的费奥多尔·巴弗洛维奇要进一个当地修道院的餐厅。之前在长老佐西马神父的房间里，他已有一塌糊涂的表现。费奥多尔决定在餐厅里也大闹一场。为什么呢？因为，他在心里对自己说："我总是感到，不管我走到哪里，我都低人一等，每个人都像对待小丑一样对待我——那就让我真的演一回小丑吧，因为你们所有人，全无例外地，都比我低级。"他这么想的时候，又想起来有次被问起为什么他恨一个邻居，他回答说："他确实没对我做什么，但有次我对他做了一个最无耻的恶作剧，我刚对他做了这件坏事，马上就开始恨他了。"

92

陀思妥耶夫斯基式的人物至少有三层。最上面的一层是公开讲出来的动机：比如拉斯科尔尼科夫为杀害老妇提出了几项辩护。第二层是潜意识的动机，出现了那些奇怪的倒转，爱倒转为恨，愧疚表述为有毒的、病态的爱。拉斯科尔尼科夫需要疯狂地找警察和妓女索尼娅坦白自己的罪行,先于弗洛伊德对超我的评述:"在很多罪犯身上,特别是年轻的罪犯身上,都很有可能在罪行发生之前就强烈地感受到愧疚,因此它不是罪行的结果而是罪行的动机。"在费奥多尔的例子里,他想要惩罚那个他曾经下作地捉弄过的邻居,你可以说是愧疚感驱使他,在潜意识里,如此粗暴地对待邻居;他的行为令人想起一个段子——既好笑又极其严肃——以色列心理学家说,因为发生了大屠杀,德国人永远不会原谅犹太人。第三层也就是最里面的一层动机是无法解释的,只能在宗教的意义上理解。这些人物如此行事,因为他们希望被知道;即使他们本身并未意识到这点,他们希望暴露自己的卑贱;他们想要坦白。他们想揭露自己灵魂可耻的阴暗面,所以,不知怎的,他们犯下"骇人听闻的丑事",在他人面前表现出匪夷所思的低劣,这样比他们"更好"的人就可以审判他们这些坏人。

93

陀思妥耶夫斯基对人物行为的分析有很深的哲学性,尼采和弗洛伊德都为他的作品所吸引。(陀思妥耶夫斯基中篇小说《永远的丈夫》里有一章题为"分析"。)普鲁斯特说陀思妥耶夫斯基所有的作品大概都可以用同一个标题：罪与罚，他也许对陀氏做过比他愿意承认的更细致的研究。是普鲁斯特详述、发展了心理动机的哲学分析。在普氏的作品里，你可以看到塑造人物——实际上就是制作小说——的每一个要素都和谐共处，好像你乘坐一只玻璃底的船，看到不同种类的鱼在水下游憩。这样，他的人物在某种程度上既可由外观之，又很有内心戏；他们是"扁平的"，但普鲁斯特当他们是"圆形"人物来全面分析。当然小说规模宏大，他们的扁平随时间的推移而拉长，似乎不再扁平。普鲁斯特不避讳漫画式的讽刺，他是真的喜欢给人物"贴标签"，贴上不同的主题，或者反复出现的"性格特征"，以一种狄更斯式的手法——比如马塞尔的外祖父喜欢反复说"警惕！警惕！"，维尔迪兰夫人永远在抱怨一听到音乐就头疼。他用这种方法来"固定"他的人物，就像早期小说家做的那样，或者离他更近一些的，狄更斯、托尔斯泰、曼都这么做。

但是他的小说同时又发起反抗，反对固定的、泰奥弗拉斯托斯式"性格特征"的暴政。贡布雷呈现为一个封闭的世界,其中每个人都相互认识,而马塞尔一家看上去似乎特别有把握——这很大程度上是靠给朋友和熟人"贴标签"、贴上不同的主题——知道每个人是怎么回事。当有人告诉马塞尔的姨妈刚刚在村里看到一个陌生人,她马上会派女仆去找药剂师加缪[1],问他那是谁:一想到竟然有不认识的人他们就愤愤然。而正如普鲁斯特写的那样,"我们的社会人格是由他人的想法决定的"。实际上他的人物以意想不到的方式产生变化,我们必须调节以前用惯了的镜头去看他们。马塞尔的家人觉得他们对斯万了如指掌;但普鲁斯特揭示出,其实他们只看到了他的一面,而且是最不真实的那

---

[1] 只有我一个人沉迷于收集小说中人物名字碰巧是作家名字的例子来打发时间么?普鲁斯特笔下有药剂师加缪,在贝尔纳诺斯(Bernanos)的《乡村牧师日记》里也有个加缪,《七个尖角的阁楼》里有家人姓品钦,《巴比特》里有一个贺拉斯·厄普代克,《布登勃洛克一家》里有个叫布莱希特的牙医,约瑟夫·罗特的《皇帝之墓》里,特罗塔的证人里有一个叫海德格尔,阿诺德·本内特的《老妇故事》(Old Wives' Tale) 里有一位福柯女士,大卫·琼斯的《括号里》(In Parenthesis) 中有一位拉金神父,《战争与和平》里有一位托尔斯泰伯爵,卢梭的《忏悔录》里有一个人叫巴特 (Barthes),想来普鲁斯特还写过一位卢梭女士。

面。同样,斯万爱上了奥黛特,一部分原因是,她令他想起了一位画中女子;但是费心费力好几个月以后,他发现爱情的危险之一就是它会促使我们在多情的头脑中刻下爱人的画面。一念之差,往往仅仅因为最微不足道的姿势或发现,而它们本身就是神秘的。马塞尔改变了他对勒格朗丹的看法,因为他瞥见他热情洋溢地和某人谈话,还用一种特别的方式鞠躬:

> 这迅速的一仰一挺,使勒格朗丹那个我看未必有多少肉的臀部,骤然绷紧一扭,向后拱起;我也说不清为什么,这纯然形体的一扭,这仅仅肌肉的一拱,其中并没有表达任何意识,而只是激动难以自已,致使殷勤变成了卑躬屈膝,却使我蓦地意识到一种可能性,就是说不定存在另一个勒格朗丹。[1]

进步!在菲尔丁和笛福那里,甚至在丰富得多的塞万提斯那里,这种具有转变意义的发现出现在

---

[1] 此段译文选自周克希译本。——译注

剧情层面——突然多出来一个姐姐,一份丢失的遗嘱之类的。它不改变我们对于一个人物的看法。堂吉诃德,虽然是一个深不可测的喜剧理念,但从开始到结尾都是同一个人物。(这就是为什么他临死一刻的回心转意令人感觉很不是滋味。)

94

兴起于 1920 至 1945 年间的英美现代小说,其蓝图本质上是由俄国人和法国人画定的。你可以从伍尔夫的文章,特别是写于 20 世纪头十几二十年的文章里面,追溯到这种相遇带来的激动,当时她发现了由康斯坦斯·加内特(Constance Garnett)从俄文翻译到英文的一批作品。她在《本内特先生和布朗太太》(1923)里这样写道:

> 只要读过《罪与罚》和《白痴》,哪个年轻的小说家还会相信"人物"是维多利亚时期的样子?这些人身上散发出无可否认的活力是因为他们的粗糙。这些人物钻进我们的心中,带来抹之不去的印象,因为他们身上的特征如此之少而又如此之显眼。关键词给到了我们手

里（例如："我永远不会抛弃米考伯先生"），接下来，由于关键词是那么惊人地适用，我们的想象力迅速把其余部分补全。可是什么关键词适用于拉斯科尔尼科夫、米什金、斯塔夫罗金或者阿廖沙呢？这些人物没有任何特征。我们进入他们好像我们走入一个巨大洞穴的深处。

福特·马多克斯·福特同意这点（虽然他的老师是福楼拜）。与理查德森不同，他在《英国小说》(*The English Novel*) 中写道，不等到亨利·詹姆斯，英国小说就不值细读。对福特而言，严肃的欧洲小说始于狄德罗：

> 多亏了狄德罗——更多亏了司汤达——小说向前迈出了一大步……自那以后，很显然小说已经可以担负起极为严肃、内容多样的讨论，因而也是一种极为严肃的探询人类的媒介。它已自成一格。

95

人物之新意味着形式之新。当人物是稳定的、线性的——小说家从头开始,跟我们讲主人公的童年和教育,明确地朝他的婚姻行进,然后来到本书的戏剧性症结(婚姻出了什么问题)。但如果人物大可互换,那又何必从头开始讲呢?从当中开始讲是不是明显更有效率,然后倒回去,然后往前走,然后再倒回去?这种形式就是康拉德在《吉姆爷》和《间谍》里用的,福特在《好兵》里用的也是这个。再引一段福特在他的康拉德回忆录里写的:

> 小说的问题,尤其是英国小说的问题,在于它直线向前,但你慢慢交到熟人朋友的过程从来不是一马平川的。你在高尔夫俱乐部里碰到一个英国绅士。他结结实实,健康有力,是那种典型的英国私立学校里出来的顶级精英。慢慢地你发现,他无可救药地神经衰弱,在小钱上面耍花招,但出人意料地具有自我牺牲精神,他是一个令人讨厌的撒谎精,但又对鳞翅目有很细致的研究,最后,从报纸上看到,他犯过重婚罪,用的是另一个名字,炒股破了产……要在小说里放这么一个人,你不能从头到尾按时间顺序讲他的工作生活。你必须先给

出他的鲜明印象，然后前前后后开始挖他的过去……

这是否自相矛盾，一面为人物的扁平性辩护，一面又说小说变成了一个更成熟的分析师，能分析心地幽深、自我分裂的人物？不，只要你拒绝福斯特对扁平性的定义（扁平性比他定义的有趣很多），拒绝他对圆形的定义（圆形比他定义的复杂很多）。不论哪种情况，经得起推敲的之微妙才是真的重要。

形　式

96

形式之于故事，正如人群之于人群里的人。人群是人群里各种人的总和、形状、轮廓。同样，形式也是其包含的各种故事的总和、形状、轮廓。这些元素有必然的关联。某一群人造就了某种人群——差别显而易见，一场鸡尾酒派对不同于暴徒集会，两个恋人去逛街不同于几千人在时代广场等待新年。尺度和比例自有其法则：你不能把两千人装进一个客厅，而跨年的时代广场若只站了两个人，则似乎不仅是一个范畴谬误，还有点儿凄凉。与此类似，故事总是关联并且在某种程度上决定形式。而形式也在某种程度上决定故事，正如人群或派对会自说自话，驱动里面个体的行为和情绪。书信体小说的形式显然控制和限制了说的是哪种故事（比如，它限制了人物之间有多少交流）。同样，每个小说家都知道使用第一人称，会触发一连串叙事后果、一种得与失的微积分。

97

现代主义诞生于一种认识：既然现实已经改变，我们要讲述那种现实就必须改变故事的形式。

如果你相信婚姻、上帝、历史进步、本性难移，那么描写这种现实的小说也会采取配套的形式：故事的高潮总是通往婚姻；人物会拷问自己的良心，在两难中做出选择；而这些道德挣扎总会通过完整的段落和稳定的语言来呈现。情节可能一开始云里雾里，但最终会变得清晰，纷繁迥异的情节线——就像在《战争与和平》和《米德尔马契》里——最终会让你欣慰地看懂千丝万缕的关联：人与人总能成功沟通，正如人与人的故事总能成功勾连。

然而不难想象，所有这些稳定性都在崩塌，变得难以令人信服，对于稳定的信心已经在世界大战和大屠杀的灾难中粉碎。一件艺术作品的形式，必须反映这种新的不确定性。现在人类难以彼此沟通，所以那种大家族开枝散叶、热络串联的多线故事，突然就显得不那么真实了。历史与其说在进步，不如说僵立原地、自行焚毁，所以也许设定在这段历史中的小说就必须打破行程、切成薄片，而不是驶向婚姻、和谐或广泛共识。词语似乎与其指称的事物断了联系，因为确定的意义已经爆炸。词语已经变得更像某种滥发的货币——空洞，贬值到侮辱人的地步。所以词语的用法也必须有所不同，也许少了确定，而多了自觉：对于困难的自觉。也许词语——就像在贝克特的作品里——甚至必须死去，陷入沉默。

98

形式必须回应新的现实，以上只是几种可能而已。这大约也是为什么福特·马多克斯·福特会说，他感到人物必须往前后两个方向写，而不是像过去那样只管朝前发展。这也是克努特·汉姆生的想法，他在大约和福特同一时间说，"我梦想有一种文学，其中自相矛盾才是人物的本性。"这也是弗吉尼亚·伍尔夫的意思,她声称她这代现代主义者的写作,必须用一种上代人眼里破碎的、痉挛的、"不成功的"形式。

99

你可以说,现代形式是一个全新的重大问题。现代主义和后现代主义都把当代的焦虑、执念和快乐刻进形式。画框不再框住一幅画,又或许画框本身就是画上去的。现成物成了艺术品,那么同理,艺术品也成了现成物。三乐章的形式里闯入了四分三十三秒的沉默。工整"安全"、有头有尾的迪克西兰磨损为参差不齐、复杂即兴的比波普。巴黎一座新的文化中心扒掉了表皮,直接把机械系统(诸如电线、空气管道之类)暴露在外。小说以活页形式出版,任君随意组合。另一些小说则坍缩为断章,打断行文的是沉默和大面积的空白。

当然,这些都是激进、先锋的例子。大多数艺术无法如此堂皇地不管不顾,而必须脚踏我们大多数人日复一日踏过的实地。服从和逃避,传统的义务和摆脱传统的愿望,混合在艺术中。珍妮·奥菲尔的小说《臆测部》(*Dept. Of Speculation*)是一个当代小说的范例：悄悄地激进，而非大张旗鼓地实验——其后现代性似乎是一种理所当然的继承，不用费什么大力气去挣。它虽不大张旗鼓，却很明显是一部现代作品，属于这个时代，也只能是这个时代的产物——它和诸如乔治·艾略特、巴尔扎克或亨利·詹姆斯之类"得体的"小说没有半点相似，正如艾略特·卡特的音乐或弗兰克·奥申的歌不太符合舒伯特和勃拉姆斯的标准。

此书写得聪明而新颖，形式和内容相得益彰。小说由一个女人叙述，她自己也在尽职尽责和两手一甩之间难以取舍，不知该遵循传统，还是索性大逆不道。这个没有名字的叙事者，是位还算年轻的母亲，住在纽约。她也是野心勃勃的作家，女儿和写作都是她的头等大事，两件事都需要她全情投入、矢志不渝。她婚姻幸福（至少在一开始），但她的计划本是永不结婚，因为婚姻会危害创作和成功："我本要做一头艺术怪兽。女人从来很难变成艺术怪兽，因为艺术怪兽只关心艺术，决不在意世俗琐事。纳博科夫甚至不折自己的雨伞。薇拉帮他舔邮票。"她二十九岁写完第一本书，再无后续之作，而她任教的创意写作系的主任总在提醒她："滴答、滴答。"(创作的时钟在恐怖地模仿女人的生物钟。)

然而婚姻每况愈下。我们的叙述者发现她丈夫有了外遇。她承受了那一整套情绪——愤怒、震惊、羞耻——却决意不离婚。可怕的精神压力令她几乎崩溃。她想自己去住院治疗,却害怕一旦去了,就可能回不来。

100

刚才描述的情节几乎可以属于任何一部常规小说,不论新书还是旧作——婚姻、通奸、资产阶级生活、郁郁不得志。但这本书的形式却打破了常规,为书中某些也不太符合常规的内容提供了完美的支持和形状。奥菲尔的叙述者和我们说话,用的是一种极短的、双倍行距的段落。段与段之间留下大片空地,彼此虽然确实能合成一个连续的叙述,自己却常常孤悬,如莉迪亚·戴维斯那种只写一小段的极短篇。有些断章很奇特,或异想天开,或晦涩难解,或阴阳怪气。叙述者用幽默撑住了痛苦的情绪。整个叙述是一种断断续续的意识流,就像任何节奏巧妙的内心独白那样,允许其中有一点比例控制精确的、随机形成的连贯性;我们亲眼见证了一个流动且不时乖离的头脑,如何组装出一种叙述。由于此书呈现出来的样子,似乎是想到哪写到哪,我们会奇怪地——很可能错谬地——以为这是某种自传,会披露一些作者私人的"真相",或者视其为某种自传性的小说,能抚慰我们"对于现实的饥渴"。这种自传的氛围因我们所知的信息而更显浓厚:此书的作者,一如她的叙事者,是一个教创意写作班的作家,她也是一位母亲,也像叙事者那样花了很长时间来写这本书,也就是她的第二本小说(距第一本十五年之久)。

更有趣的是,小说棱镜般的、不连续的形式,让奥菲尔得以随便横跳,把叙事者塑造成自我分裂,充满感人的自相矛盾。她的活力就在于她同时拥有那么多特质。她脸皮薄、敏感,但又坚韧而风趣。她感受强烈,却用冷嘲热讽来隔绝感受。她不太了解自己,但又似乎看透了自己:

> 有三件事没人说过我:
> 你好像随随便便就搞定了。
> 你很神秘。
> 你得把自己当回事儿。

这本书就像其叙事者那样，同时面朝很多方向，并且在光照下显现出不同色彩。它记述了一段陷入困境的婚姻，但同时又是一首婚姻的赞歌。它尖锐而诚实地描述了为人父母时常遭遇的烦闷和倦怠，但也理解为人父母所有的喜悦和欣慰。如果说它哀叹没能完成的作品——这个女人本可成为一只伟大的"艺术怪兽"——那么它也代表了已经出色完成的工作，因为《臆测部》是那种最典型的现代主义和后现代主义文档：一部关于写出一部成功小说有多么困难的成功小说。

而正是这部小说的形式，容纳了如此复杂多样的元素。[1]

101

情节其实只是操作形式——作家创作出这种形式，同步于创作出一部小说（作家的选择，包括

---

[1] 我想到你正在读的这本书也采用了一种相似的形式，出于相似的原因：带编号的段落允许我随意跳跃，抛出一个新想法，回到早前的想法，稍后再左右互搏一下……这种写法很方便，因为就像奥菲尔的叙述者或她本人，我也是个很忙的家长，有两个很小的孩子（2007年我写第一版时，大的六岁，小的四岁）。短小的段落让我得以在（大体上令人愉悦的）家务间隙，以碎片的形式写成此书。

谁来叙述，如何安排所有元素，节奏，等等）。道德形式则是作品完成后的轮廓，是情节了然于心之后，我们所能辨认出的意义的形状。情节就是读《傲慢与偏见》，兴奋地发现谁要和谁结婚了，心甘情愿一页页翻下去，因为我们知道作者才华卓绝，跟着走就是了。道德形式则是合上书，看明白这是个什么故事：一个女人误会了一个男人，然后又真正了解了他——这个故事讲的是错误和纠正，或者，讲的是两段美好婚姻（伊丽莎白和达西、简和宾利）和三段远没有那么美好的婚姻（夏洛特和柯林斯先生、莉迪亚和威克汉姆、本内特夫妇）。

情节就是读埃莱娜·费兰特的《我的天才女友》，我们兴奋而无知，在费兰特微妙的摆布下，发现两个聪明的女孩会逃出那不勒斯贫民生活的小圈子，确信书名指的是叙事者的朋友。道德形式则是读完，知道结果以后，明白《我的天才女友》其实只是一个人的成长小说，只有埃莱娜能逃出来，"天才女友"指的不是埃莱娜的朋友莉拉，而是莉拉的朋友埃莱娜，我们的叙事者。

102

换个角度来说:情节是阅读,形式是文学批评。形式是剔除情节以后,留下来的东西,那时情节不再摆布我们,但我们——作为读者和批评家——却在摆布情节。《安娜·卡列尼娜》的情节是一连串发生的事,这些事导致了安娜最终的死亡。而《安娜·卡列尼娜》的形式则是一个完成的故事,讲一个通奸的女人为她犯下的错误而受罚、丧命。19世纪所有关于通奸的小说杰作,都会采用这种审判和惩罚的形式:一个女人犯了错,这个女人必须死。(直到可爱的契诃夫,在这个道德传统的末期,让《带小狗的女人》免于一死,好心地拆掉了这种致命的文化寓言)。俄国诗人安娜·阿赫玛托娃向以赛亚·伯林抱怨《安娜·卡列尼娜》里杀人的道德,她抱怨的是小说道德形式的意义:"为什么一定要杀死安娜?……《安娜·卡列尼娜》的道德属于托尔斯泰的老婆,属于他那帮莫斯科的阿姨婶婶。"[1]

---

[1] 以赛亚·伯林,《私人印象》(1980)。

103

这些情况下,我们后来体验的形式会修改我们直接体验的情节(文学批评会颠倒因果地修正阅读):为意义而读,总是一种讨价还价,一边是我们发现一本书的兴奋,另一边则是我们兴奋稍褪之后对于作品的理解。现代性或后现代性的一个标志,就珍妮·奥菲尔的《臆测部》而言,即情节(为知道"接下来发生了什么"而读)归并为形式。情节已经变成一本书采用的形式。粗略地说,读奥菲尔写的那种小说,文学批评的成分多了,发现的成分少了。

104

情节是正在发生的事情,形式是已经发生的事情。

105

这个想法明显有一个哲学或形而上学的维度。我们中的许多人,都发现自己很难看清或思考人生故事的形状。我们的生活陷入了情节——每天都有做不完的事,日历填满了的预约和职责,还有些事纯粹由于偶然和巧合而扔到了我们头上。我们永远活在发现的阶段。也许每年有一两次，在诸如新年或生日之类的重要日子里，我们会试图反思生活的形式，过去如何，将来怎样。在那些时刻，我们试图把情节（偶然）变成形式（命运，天意，形状）。类似的事情发生在葬礼或追悼会上：我们在反思中看清了整个人生，这个生命现在已经结束了，我们得以思考此人一生的形状——死亡把严酷的形式强加给生命，赋予其一种形而上的意义和形状。这就是瓦尔特·本雅明在《讲故事的人》(1936) 一文中对小说的评价。他认为经典的故事（他指的是口头传说、古老的寓言之类）总是围绕着死亡而筑成的。死亡保证了故事的权威，死亡让一个故事广为流传。现代生活里，他继续说，死亡已经扔到了日常以外，几乎隐形，而报纸上的"信息"挤走了生死攸关的故事，要讲一个意义深远的故事越来越难。

106

所以小说——在此我顺着瓦尔特·本雅明来推断——最好是能提供一种我们自己生活里往往欠缺的能力：反思我们存在的形式和方向，看清出生、发展和终结的人生全景。小说赋予我们宗教般的力量,看到种种起始和种种完结。"你出你入,耶和华要保佑你",《诗篇》第 121 篇里有这样一句。读者像上帝般阅读他人的虚构的生命,我们能看到他们的出与入,他们的起始和完结,他们的起高楼和楼塌了。小说要做到这点,方法五花八门。有时候是靠规模和尺寸——那种篇幅漫长、人物众多的小说里,自然充满了各种不同的生活、出生和死亡。或者也可以靠压缩和集中:那种只写一个人从生到死的中篇小说,比如《伊凡·伊里奇之死》,约翰·威廉姆斯的《斯通纳》,丹尼斯·约翰逊的《火车梦》,艾丽丝·门罗篇幅颇长的短篇小说《熊从山那边来》,还有 W.G. 塞巴尔德的作品。不错,塞巴尔德的确认为上帝般的全知在叙述中不太可能或者不太可口,但他小说(我想尤其是《移民》和《奥斯特里茨》)最为慷慨的赠礼便是允许我们看清那些人生的全貌,去思考一个业已结束的生命,有何种形状和命运。

107

形式还有别的用处。回想一下本雅明 1936 年那个准得邪门的抱怨:真正的故事为溢出的"信息"所取代。卡尔·奥韦·克瑙斯高在《我的奋斗》第一卷里也说了差不多的话,他指出死亡目前在我们的生活里扮演了一个"奇怪而暧昧"的角色:"一方面,死亡无处不在,关于死亡的新闻和照片铺天盖地,从这个角度来说,死亡是无限的,它车载斗量,俯拾皆是,取之不竭。但这种死亡是一个想法,是没有尸体的死亡,是作为念头和图像的死亡,这种死亡只是一个知识分子的概念。"在一个屏幕取代了窗户的世界里,我们比本雅明更知道存在是何等糟糕的不严肃,我们难以摆脱无效的干扰信息,我们无法反驳数据的权威,我们忍受着普遍低劣的叙事形式(电视、油管、游戏、动图)争相发出的诱惑。

108

文学一旦与这类诱惑直接竞争,往往会输。

倒不妨把文学看作一个凝神、批评、额外的空间,凝神即是批评:文学是风眼里的平静,一种祈祷般的专注。比起日记,小说的形式更近乎诗。艺术要观者聚精会神,便须拿出某种形式。而生活，在我看来，基本上没有什么形式可言。而技术，虽然不乏可爱的林林总总，基本上也没有什么形式可言。技术千变万化，永远在变成某个东西的进程中，并为自己迟早过时而自豪。6S总要变成7，7总要变成8，9，X……技术总在梦想无限。人们盛赞游戏像小说——"拥有小说般的品质"——基本上都在强调游戏里有很多选择，而不是强调游戏里什么都定好了。游戏玩家可以从无限诱人的菜单里选择很多种可能。同样，最优秀的电视剧常与小说相提并论，故事绵绵不绝的连续剧——一集又一集，一季又一季——很像19世纪的连载小说。

而文学的形式，尽管宽广而繁多，却也有某种否定的力量。它给我们看事情止于何处。它在艺术作品周围设下一道近乎神圣的边界，然后说："这与世界的诉求不同，这并非世界。这个空间总是要求某种程度的陌生、疏远、服从和意义。"形式吸纳了世界，但最终有能力抵抗世界，它美妙地自成一体。亨利·詹姆斯说，现实世界里，人际关系没有尽头。他还说，"艺术家的永恒问题是画下一个圈，让这种关系看上去止步于圈内。"[1] 形式最重要的功用，便是停止无限的枝蔓。在人为的界限里，一切都获得了存在的正当性，在魔法的圆圈里，一切都注入了选定的意义。

---

[1] 亨利·詹姆斯，《罗德里克·哈德逊》序言，(纽约版，1907)

同情和复杂

109

2006年,墨西哥东部边境一个人口两百万的凶暴之地——内萨的市长决心把手下的警察变成"更好的市民"。他给他们开出一个阅读清单,上面包括了《堂吉诃德》,胡安·鲁尔福精美的中篇小说《佩德罗·巴拉莫》,奥克塔维奥·帕斯论墨西哥文化的文集《孤独的迷宫》,加西亚·马尔克斯的《百年孤独》,以及卡洛斯·富恩特斯、安托万·德·圣-埃克苏佩里、阿加莎·克里斯蒂,还有爱伦·坡的作品。[1]

---

[1] 参见安吉尔·古丽娜-昆塔娜(Angel Gurria-Quintana)《街头语言》(Words on the Street)一文,收于金融时报(*Financial Times*),2006年3月3日。读到这篇文章我得感谢诺曼·拉什。

内萨的警察局长，豪尔赫·阿马达相信读小说能在至少以下三个方面充实他的警员：

> 首先，能让他们掌握更大的词汇量……然后，警员们通过代入故事能获取经验。"一个警察必须了解世界，而书籍能间接丰富他们的经验。"最后，阿马达声称，还有道德上的裨益。"冒着你自己性命的危险去拯救他人的生命财产需要很深的信念。文学能增强这种很深的信念，因为读者在其中能发现很多境况类似的人生榜样。我们希望接触文学能让我们的警员更为全心全意地投入到他们宣誓捍卫的价值当中。"

这听上去真是老派得有趣。今日，人们狂热地崇拜真实性，断言没有谁比警察更懂世界——更加入世的了，成千上万的电影和电视剧都在遵循着这个教条。而认为警察坐在摇椅上，埋首于小说，一样甚至更加可以真切地了解现实，这种想法属于离经叛道，似是而非。

我们不必是墨西哥的警察局长那样的道德老古

板[1]，也能看出他把阅读小说分成了三个方面：语言、世界和我们衍伸到他者身上的同情。乔治·艾略特在她谈德国现实主义的文章里这样说："不论是画家、诗人还是小说家，艺术家给予我们的最大好处是延展了我们的同情……艺术是最接近生活的事物，艺术扩充了我们的经验，让我们和人类同胞的接触，不再受个体际遇之限。"[2]

自柏拉图和亚里士多德以来，虚构和戏剧的叙事就引发了两种经久不衰的大讨论：一个问题的核心是模仿和真实（小说应该再现什么？），另一个问题则是关于同情，以及小说如何运用同情。慢慢地这两种反复出现的问题合二为一了，我们发现，大约自塞缪尔·约翰逊以降，基本共识是，对于人物的同情性认同在某种程度上取决于小说

---

[1] 我们阅读不是为了这般从小说中获益。我们读小说是因为它令我们高兴，它感动我们，它是美的，等等——因为它有生命，而我们也有生命。把生物进化论捆绑在这个问题上真的很好笑，"我们人类为什么要花那么多时间读小说，既然这一行为并不会带来什么明显有利于进化的好处？"答案要么是实用主义的——我们阅读是为了寻找志同道合的伙伴，因此具有达尔文主义意义上的用处——要么兜着圈子说，我们阅读是因为小说能触发某种快感。

[2] 《德意志生活的自然史》(*The Natural History of German Life*)(1856)。

对于真实的模拟：去真实地观察一个世界以及其中的虚拟人物，或能拓展我们在现实世界中同情的能力。这并非巧合：小说在19世纪中期兴起，同步于关于同情的哲学讨论，特别是诸如亚当·斯密和沙夫茨伯里勋爵（Lord Shaftesbury）那类思想家关心的问题。斯密在《道德情操论》（1759）里面提出来的，今日已是公理："我们对他人悲惨的感同身受"源于"拿自身优越的位置和受苦受难者做交换"——把我们的脚穿进别人的鞋子里。

托尔斯泰在《战争与和平》中写过这个。皮埃尔被法国人投入大牢以前，总是把他人看作面目模糊的群体，而不是棱角分明的个体，并且感到自己没有多少自由意志。在他险死还生以后（他以为他要被处决了），众人在他眼中鲜活起来——他在自己眼中也鲜活起来："每个人最理所当然的独特性，过去曾经使皮埃尔兴奋而烦恼，现在却变成了一种基石，由此，他同情、关心其他的人。"[1]

---

[1] 《战争与和平》第四卷，第四部，第十三章。

110

伊恩·麦克尤恩的《赎罪》，直接写出了不能设身处地为他人着想带来的危险。年轻的女主人公布里奥妮，在小说的第一部分里就做不到这点，她错误地说服自己，罗比·特纳是一个强奸犯。然而设身处地也是麦克尤恩作为一个小说家，在同一节里出色完成的任务：周全地依次进入人物的视角。布里奥妮的母亲，艾米丽·塔利斯，患有偏头痛，躺在床上焦虑地想着她的孩子们，但是读者不可能不注意到，她其实是一个很坏的耽于幻想的同情者，因为她的焦虑和愤怒取代了她的同情。回忆她的女儿西西莉亚在剑桥的时候，她想到了自己相对而言缺乏教育，接着很快，然而是下意识地，变成怨恨：

> 当西西莉亚七月份带着她的期末成绩单回家——这多令一个女孩沮丧！——她没有工作，也没有技能，还得找一个老公，面对母亲生涯，她那些穿蓝袜子的老师——那些人有着可笑的昵称和"令人敬畏"的地位——何曾告诉她该怎么做？那些自命不凡的女人因为最平淡最胆

小的怪癖在本地获得了不朽的名气——用狗来遛猫,坐在一个男人的自行车上,在街上给人看到拿着一个三明治。等到下一代,这些愚蠢而无知的女人早就死了,可坐在高桌子[1]边上的人还是敬畏她们,压低了声音谈起她们。

用亚当·斯密的说法,艾米丽不太能和她的女儿"换位";用一个小说家或演员的话来说,她不能"变成"西西莉亚。但是当然麦克尤恩本人很能"变成"艾米丽·塔利斯,运用自由间接体,以完美的不动声色进入她复杂的妒忌。

这节后面一点的地方,艾米丽坐在灯边,她看见飞蛾给引过来了,想起以前"某个什么科学的教授"告诉她:

> 不是光,而是光的后面还有更黑的黑暗,是这种视觉印象吸引它们扑过去。尽管很可能被火焰吞噬,它们也只能屈从本能,去找最黑的地方,在光的另一边——在这种情况下,不

---

[1] High Table,相当于学院的贵宾席。——译注

过是一个幻觉。这在她听来是个谬论,或者一套看似自圆其说的机灵话。有谁能揣测得了昆虫眼里的世界呢?

艾米丽就会这么想。

麦克尤恩在此有意援引了哲学中一则有关意识的悖论,最广为人知的表述见于托马斯·内格尔(Thomas Nagel)的论文《当一只蝙蝠是啥感觉?》。内格尔总结说,一个人不可能和一只蝙蝠换位,这种想象中的转换就人类而言是不可能的:"最多(也不算很多)我只能想象到这个地步:它告诉我对于我来说做蝙蝠的感受。可这不是问题,我想知道的是对于蝙蝠来说做一只蝙蝠是啥感觉。"[1] 而 J.M. 库切向来站在小说家这边,他在同名小说中让女主角伊丽莎白·凯斯泰罗直接回应内格尔。凯斯泰罗说,想象当一只蝙蝠是何种感觉不过是一个优秀小说家的分内事。"我可以想象当一具尸体是何感觉,"凯斯泰罗说,"为什么我不能

---

[1] 《当一只蝙蝠是啥感觉?》,收于《人的问题》(*Mortal Questions*)(1974)。

想象当一只蝙蝠?"(再提一下托尔斯泰,在他的中篇小说《哈吉·穆拉特》结尾处有一个很震撼的瞬间,他想象一个人头被砍掉是什么感觉,即便头身分离意识还能再坚持一两秒钟。他的想象为现代神经科学所证实,意识确实可以在切掉的头里继续存在一两分钟。)

111

哲学家伯纳德·威廉姆斯为道德哲学的缺陷感到苦恼。[1] 他发现从康德开始,大部分道德哲学的讨论都不含左右两难的自我。他认为,哲学倾向于把冲突视为观念的冲突,有一种简单的解法,而不是难解的欲望的冲突。他在《道德运气》当中用了一个例子,一个人答应了他的父亲,在他父亲死后,会用他的遗产来支持一项选好的慈善事业。但是随着时间推移,这个儿子发现没有足够的钱能在兑现他对父亲的承诺的同时,又能照顾好自己的孩子。威廉姆斯写道,某类道德哲学家认为有一种方

---

[1] 尤见于《自我的问题》(*Problems of the Self*)(1973)、《道德运气》(*Moral Luck*)(1981)以及《了解人文学科的意义》(*Making Sense of Humanity*)(1995)。

法能够解决冲突,即儿子显然很有理由推定,在继承遗产时有一个默认条款,即只有在满足更紧迫的需求,比如包括照顾好孩子的时候,他才应该捐钱做慈善。这种解决方法,是令冲突的一方无效。

威廉姆斯认为康德习惯于处理这种义务的冲突,而威廉姆斯更有兴趣的是那种他所谓的"悲剧性两难",陷于其中的人面对两种相互冲突的道德要求,两面都同样紧迫。阿伽门农要么背叛他的军队,要么牺牲他的女儿,怎么选都会带给他无尽的悔恨和羞耻。对威廉姆斯而言,道德哲学需要考虑情感生活的实际质地,而不是像康德哲学那样,把自我当成一种自洽、守法、普遍的东西。非也,威廉姆斯说,人是不自洽的,他们随机应变修改原则,他们由多种因素决定——基因,教育,社会,等等。

威廉姆斯常常回到希腊悲剧和史诗之中寻找例子,在这些伟大的故事中,我们看见自我如何在他所谓的"一个人的冲突"中挣扎。奇怪的是,他好像很少或者根本就没提小说,也许因为在小说中悲剧性的冲突往往不是以如此赤裸裸、如此悲剧性的方式呈现出来,而总是经过了柔化。然而这种较为缓和的冲突并不因其缓和而丧失趣味和深度；想一下——就挑一类特殊的挣扎来说——小说在婚姻冲突这个问题上，给予了我们何等卓越的经验之谈，无论这种冲突涉及两个人（配偶之间），还是只有一个人（一个孤独的个体，在无爱或错误的婚姻中受苦）。想一下《到灯塔去》，它之所以如此动人，部分原因就在于它讲述的不是一段光彩照人的成功婚姻，也不是一场轰轰烈烈的失败婚姻，而是一段有缺陷的婚姻，每天都在上演各种挣扎和小小妥协。这里，拉姆齐夫妇走在花园里谈论他们的儿子：

> 他们停下脚步。他希望安德鲁听劝更用功一些。若不这么做他就绝无可能拿到奖学金。"啊，奖学金！"她说。拉姆齐先生认为她这么说一件严肃的事，比如奖学金，很蠢。如果安德鲁拿到奖学金的话，他将非常骄傲，他说。如果他没拿到奖学金，她也一样会为他骄傲，她回答。他们在这上面永远说不拢，但没关系。她喜欢他迷信奖学金，而他喜欢她不论安德鲁干什么都一样骄傲。

这幅画面之微妙，在于双方都不同意，但却都希望对方保持原状。

当然，小说不提供哲学解答（如契诃夫所言，小说只需问对问题）。收之桑榆的是，小说确实做到了威廉姆斯希望道德哲学做的东西——它将我们复杂的道德纤毫毕现地勾勒出来。当皮埃尔在《战争与和平》中开始转变对自己和他人的看法，他意识到唯一能够正确认识他人的方法，就是用他们每一个人的眼光去看世界："在皮埃尔和沃伦斯基，和公爵小姐，和医生，和所有他现在遇到的人们的关系中，有了一个新的特质，让他到处收获友善。这就是他已懂得，用词语改变一个人的信念是不可能的，而他也认识到，每一个人都可能去思考，去感受，用自己的眼光看待世界……在一个人的言行之间，在一个人和另一人之间，那些相异的，有时甚至完全相反的东西令他感到高兴，令他脸上露出一个被逗乐了而又温和的微笑。"[1]

---

[1] 第四卷，第四部，第十三章。

语　言

112

诗人格林·麦克斯维尔（Glyn Maxwell）喜欢在他的写作课里做以下测验，此举显然是师法奥登：他给学生菲利普·拉金的诗《降灵节婚礼》（"The Whitsun Weddings"），涂黑其中的一些词，只告诉他们词性——名词、动词还是形容词——以及应该符合原句的何种格律。雄心勃勃的诗人们必须把黑掉的词填出来。拉金有一次乘火车从英国北部去往伦敦，他望着窗外，记录下看到的东西。其中一样是一个暖房，他如此表现它："一座暖房独一无二地闪过。"麦克斯维尔把"独一无二地"划掉，告诉学生缺一个三音节的副词（uniquely）。从来没有一次能有一个学生填上"独一无二地"。"独一无二地"是独一无二的。

113

尼采在《善恶的彼岸》中哀叹:"用德语写成的书,对有第三只耳朵的人来说,是多大的折磨啊!"如果文章能像诗歌写得一样好,小说家和读者必须竖起他们的第三只耳朵。我们需要读出音乐,测试一句话的准确性和韵律,倾听那些和当代词汇藕断丝连、几不可闻的旧词的呢哝,注意形式、重复、回声,掂量为什么某个比喻是成功的而另一个不是,判断一个合适的动词和形容词如何给句子烙上数学般的说一不二。我们必须继续假设,所有大众认为的美文("她写得像天使一样美")其实完全不美,还有几乎每个小说家在某个时候都会被毫无根据地称赞文笔"美",就像几乎所有花在某个时刻总会被称赞很香。

114

某种程度上来说,看似极复杂的文笔,其实相当简单——因为那种数学般的说一不二,不允许一个完美的句子无限变奏,不允许以损害美感为代价延长;它本身的完美已经解答了它本身的难题;它不能写得更好。

比如有一种熟悉的美国式简洁,本质上来说是清教徒式语言混合口语,"一种狂喜之火,把事物烧至它的本质。"就像玛丽莲·罗宾逊在她的小说《基列家书》里说的。我们能辨认出其中的清教徒布道口气,就像在乔纳森·爱德华兹(Jonathan Edwards)那里、在尤利西斯·S.格兰特(Ulysses S. Grant)的回忆录里、在马克·吐温、薇拉·凯瑟、海明威那里读到的那样。这些都是显而易见的例子。但是同样的一种简洁在更加雕琢的作家,如梅尔维尔、爱默生、科马克·麦卡锡那里也能找到。行星"整夜沿着苦涩的抛物线坠落","马调皮地踩着掉落在路上的影子",这些清爽的词组分别出自麦卡锡的《血色子午线》和《天下骏马》,这两本书的句子经常梦幻般地巴洛克。玛丽莲·罗宾逊的小说《基列家书》达到了近乎神圣的简洁,但就是这同一位作者早前的小说《管家》里面,充满了复杂的梅尔维尔式比喻和类比。下面出自《基列家书》的这一段,算是简单还是复杂呢?

今天早晨一个绝美的黎明路过我们家的房子向堪萨斯而去。今天早晨堪萨斯从睡梦中翻身而起，进入到一片盛大的阳光之中，这阳光响彻天堂，庄严宣布古老的大草原又迎来了新的一天。它名叫堪萨斯或爱荷华的日子是很有限的。但一切都是一天，那最初的一天。阳光恒照，我们不过在其中辗转反侧。所以每一天都是和它自己一样的傍晚和早晨。我祖父的坟墓变成了光，露水在他那片杂草丛生的小小凡土上熠熠生辉。

杂草丛生的小小凡土——妙哉！

115

文章在这个意义上总是简单的，因为语言是日常交流的普通媒介——不像音乐或绘画。我们的日常用语甚至会被那些很艰涩的作家借用：风格的百万富翁——艰涩、铺张的文体家如托马斯·布朗爵士，梅尔维尔，罗斯金，劳伦斯，詹姆斯，伍尔夫——家财万贯，但他们和大家用的是同一种钞票。"色彩丰富的模糊方块"这个简单的表述是亨利·詹姆斯在《一位女士的画像》里，用来描写古典大师（Old Master）[1]的画，在一个很暗的房间里隔了一段距离看的样子，那个"模糊"，反而如此准确！这不就是最佳的词排成最佳的顺序么？"白天黄摇金摆用尽一切庄稼。"[2]这是伍尔夫在《海浪》里写的。我被这个句子吞没了，一部分是因为我不知怎样解释它为何如此感动我。我可以看见，听见，它的美妙，它的奇异。它的音乐很简单。它的用词很简单。而且它的意思也很简单。伍尔夫在描写太阳升起之后为这天注入黄色的火焰。这个句子的意思有点类似于：这就是一片玉米地在夏天的样子，一切都在太阳的暴晒之下变得炫目，一面金黄的旗，一片流动的颜色之海。我们确切并且马上知道伍尔夫的意思，我们想：不可能写得更好了。秘密在于避免通常的庄稼摇摆的形象，而是去写"白天摇摆"：效果是猛然间白天本身，它的纤维感和瞬时性，一下子被黄色所充塞。而那个怪怪的、明显无意义的"黄摇"（一样东西怎么可以黄摇？），

---

[1] 指1800年前的画家。——译注
[2] 这句话原文是 The day waves yellow with all its crops.

传达出一种黄剧烈地占据了白天本身,也占据了我们的动词——黄色征服了我们和世界之间的关联。我们怎么摇?我们黄摇。这就是我们唯一能做的事。阳光是如此不容分说地使我们晕眩,使我们呆滞,剥夺我们的意志。八个简单的词唤起色彩,盛夏,暖洋洋的懒散,成熟。

116

在《大海和撒丁岛》(Sea and Sardinia)里面,劳伦斯形容维克多·伊曼努尔国王的腿用了"他小小短短的腿"(his little short legs)。好吧,从技术层面来说,没有必要用"小"又用"短",如果劳伦斯是个学生,他的老师会在边沿写上"多余"然后划掉一个形容词。但是把它大声读几遍,突然发现就得这么写。我们需要两个词,因为它们听上去很滑稽。而且小和短的意思并不一样:两个词都需要另一个词来陪,而"小小短短的腿"又比"小短腿"(short little legs)更加原创,因为它更加跳跃,更加荒唐,逼我们在这里稍微绊一下——像因为腿短绊了下似的——绊脚的东西是出人意料的节奏。

117

谈到节奏我们不可能不提福楼拜。当然他之前的作家也因风格而苦恼。但是没有哪个小说家痛苦得那么深、那么公开,没有小说家用同样的方式膜拜"句子"的诗意,没有小说家把内容和形式潜在的分离推到如此极致(福楼拜渴望写出一种他所谓的"无物之书")。而在福楼拜之前也没有小说家自觉地思考技巧问题。就像一位学者说的,福楼拜一来,文学"出现了本质上的问题"。[1]

或者只是变得现代了?福楼拜本人很怀旧地仰慕在他之前那些伟大而不自觉的作家,依靠本能勇往直前的野兽,像莫里哀和塞万提斯;福楼拜在信中说,他们"毫无技巧"。而他自己,却被许配给了"可怕的劳动"和"迷狂"。这种迷狂用在了句子的音韵和节律上面。在不同的方面,现代作家总是被僧侣般苦行的阴影所笼罩。这是一份很难接住的遗产,甚至可以说是一个牢笼,而我们必须从中逃脱。华丽的文体家(贝娄、厄普代克)

---

[1] 斯蒂芬·希斯(Stephen C. Heath),《福楼拜:包法利夫人》(*Flaubert: Madame Bovary*,1998)。

都对自己文体的华丽有自觉，然而平实的文体家（比如海明威）对自己的平实也变得自觉，其本身变成了一种精心操控的极简主义华丽，一种做减法的时尚。现实主义者能感到福楼拜贴在背后检查：写成这样够好了吗？而形式主义者和后现代主义者同样受惠于福楼拜，那本梦想中的无物之书，那本仅靠风格而高飞的书。（阿兰·罗伯-格里耶和娜特莉·萨洛特，新小说的发起者，都直接认福楼拜为祖师。）

　　福楼拜喜欢大声朗读。他用了三十二个小时给他的两个朋友来读那本夸张抒情的幻想故事，《圣安东尼的诱惑》。他在巴黎期间到龚古尔家吃中饭，喜欢朗读典型的蹩脚作品。屠格涅夫说"从来不知道还有其他作家如此耿耿于怀"。甚至亨利·詹姆斯，文体的大师，也敬畏于福楼拜宗教般地铲除重复、不想要的陈词滥调、笨拙的冠冕堂皇。他写作的场景已是闻名遐迩：位于克鲁瓦塞的书房，一条河缓缓流过窗外，屋内是一个狗熊似的诺曼人，裹在他的睡衣里，叼着烟斗云山雾罩，他呻吟着抱怨起他的进度多么缓慢，每个句子排起来都像一根引什么是福楼拜所谓的风格、句子的音乐呢？从《包法利夫人》举一例：夏尔傻呵呵地很骄傲，因为他让爱玛怀孕了："L'idée d'avoir engendré le délectait." 如此紧凑，如此精确，如此悦耳。字面上，这是"生育的念头让他很高兴"。杰弗里·沃尔（Geoffrey Wall）在他的企鹅版翻译里，翻的是："想到让她怀了孕，他很高兴。"这翻得不错，但是真应该同情这位可怜的译者。因为英文是法文病恹恹的表亲。用法文大声念出来，就像福楼拜会做的那样，在三个单词里你会碰到四个"ay"的音："l'idée, engendré, délectait." 如果英文试图模仿法文里不可译的音乐——试图模仿那种韵律——听上去会像糟糕的嘻哈说唱："一想起来她把孕怀他就

---

[1] 虽然我们不禁要怀疑是不是很大一部分时间用于睡觉和手淫（福楼拜把句子类比为射精）。一个形式主义者受到的折磨似乎往往可以被视为直接关联写作瓶颈。这就是非凡的美国作家 J.F. 鲍尔斯（J.F.Powers）的情况，举例来说，正如肖恩·奥弗兰（Sean O'Faolain）用怀尔德腔开的那个玩笑，"他花整个上午加进一个逗号，然后用整个下午来考虑是否应该换成一个分号。"我认为更常见的是，那种归到二流英国作家 A.C. 本森（A.C.Benson）头上的文学惯例——他整个上午什么都没做然后用下午来写他上午做了什么。

很嗨。"[1]

118

虽然福楼拜主义在小说风格的发展过程中投下了永恒的阴影,但我们对于风格中的音乐性,看法仍然经常在变。福楼拜害怕重复,但是海明威和劳伦斯显然会把重复当作他们最高美感的基础。这是劳伦斯,还是选自《大海和撒丁岛》:

> 我们下台阶时角豆树一片漆黑。花园也还很黑。合欢花的香气,然后是茉莉花。看不见可爱的合欢树。黑着呢那石头小径。山羊在棚里嘶叫。断裂的罗马墓碑懒洋洋地就倚靠在花园的路边,我从它的大倾角下面溜过时,它没有砸到我身上。啊,黑暗的花园,黑暗的花园,你的橄榄和你的酒,你的欧楂、桑葚和杏仁树,你陡峭的阶梯横在海面之上,我要离开你了,偷偷出走。走出迷迭香的围栏,走出高

---

[1] 原文提供的戏仿是:"The notion of procreation was a delectation."其中"tion"的韵脚也重复了三遍。——译注

高的大门,走上那条残酷而陡峭的石头路。在这片黑暗底下,大桉树俯瞰着小溪,直往上面的村庄生长。好了,我已走了那么远。

黎明时分,劳伦斯正从一个西西里房子离开,去坐渡轮。"我要离开你了,偷偷出走。"这是他对那里一切钟爱事物的告别。这个段落读来,可以算作简洁的范例,也可算作音乐性的范例。尽管如此,其复杂性在于他试图用文字来记录,一分一秒,那种缓缓告别的痛苦。每个句子都慢下来一点,去做它的告别:"合欢花的香气,然后是茉莉。看不见可爱的合欢树。"你先闻到香气,然后你看到——或者忐忑地希望看到——树。再接下来,是小径。一句接着一句。

而与此同时黑暗正随着临近破晓而不断变化,所以劳伦斯才不断重复"黑暗"一词。实际上他每重复一遍这个词,这个词就起一点变化,因为每次劳伦斯都变换附加在"黑暗"上的东西:一片漆黑——还很黑——黑着呢那石头小径——黑暗的花园——黑黑的大桉树。重复根本就不是真的重复,而是变化:黎明的光漫漫溶解了这片黑暗。在一切的最后,作家所做的仅仅是上路:"好了,我已经走了那么远。"这也可以看作是描绘文章的运动,那么近,那么远,那么少,那么多。

119

让我们借一个真正的金耳朵来感受一下强烈的音乐性吧:美国最伟大的文体家之一,索尔·贝娄,使得那些健步如飞者如厄普代克们、德里罗们、罗斯们听上去都像是独脚跛子。一如所有严肃的小说家,贝娄读诗,首先是莎士比亚(他可以背诵其剧作中一行又一行的台词,那是他在芝加哥学生时代背下来的),然后是弥尔顿,济慈,华兹华斯,哈代,拉金,还有他的朋友约翰·贝里曼。在所有这些背后,其英语一直伸展向更深的古典,詹姆斯版的《圣经》。一条河,看上去"起了皱,是绿的,暗黢黢的,草茸茸的",或者芝加哥"冬天的时候发蓝,傍晚的时候转褐,结霜的时候晶莹剔透",或者纽约"纯粹是一道道墙,一片片灰的空间,干涸的盐水湖再加焦油和碎石"。这是他的故事《往事如烟》("The Old System")当中的一段,其中伊萨克·布劳恩,在一个不胜烦恼的当口,冲到纽瓦克去搭飞机。

坐在机场巴士上，他打开父亲的那本《诗篇》[1]。黑色的希伯来字母直朝他张大嘴巴吐出舌头，指向上方，激动而又哑口无言。他试着——强迫。没有用。这隧道，这沼泽，这汽车的骨架子，机械的内脏，垃圾堆，海鸥，瘦骨嶙峋的纽瓦克在火热的夏天里颤抖着，他每分每秒的注意力全被抓住了……然后坐在飞机上，飞机全神贯注地奔跑着一怒而起——那种把自己从磁铁般的大地上拉开的力量；不止如此：当他看见地面向后倾斜，机器从跑道升起，他在心里清清楚楚地对自己说："*Shema Yisrael!*" 听啊，以色列，只有上帝是上帝！在右面，纽约庞然地倾身向海，飞机收起轮子时抖了一下，朝河而去。哈德逊河绿中见绿，在风中波涛滚滚。伊萨克松下了那口一直屏住的气，而安全带仍紧紧扣在座位上。在那些无与伦比的桥上，在云上，在大气中航行，你比平时更清醒地意识到你并非天使。

---

[1]《圣经》中的一章，收圣诗、圣歌、祷词共150篇。——译注

贝娄有反复描写飞行的习惯，我猜部分原因在于这显然给了他凌驾于先人的优势，因为那些作家根本没机会从云端观览世界：梅尔维尔，托尔斯泰，普鲁斯特。贝娄做得很好。首先要注意，这段话的节奏从来没有安顿下来。贝娄引入一串东西，反复使用"这"，然后突然把"这"扔掉了："这隧道，这沼泽，这汽车的骨架子，机械的内脏，垃圾堆，海鸥，瘦骨嶙峋的纽瓦克……"效果是制造不稳定感，令人焦虑。（因此甚至这一段也是一种自由间接文体，力图捕捉或者模仿伊萨克·布劳恩的心神不宁，无法透过巴士车窗把外面的事物尽收眼底。）一句连着一句，捕捉世界的目光渐渐溢出新意：纽瓦克是"瘦骨嶙峋的"，"在火热的夏天里颤抖着"，飞机"全神贯注地奔跑着一怒而起"（这个不加标点一往无前的词组本身也演绎了"全神贯注一怒而起"），而纽约，在飞机的倾斜视角下，"庞然地倾身向海"（把这个词组读出来，看看这些词本身拉长了体验[1]，可见语言本身就体现出其描述对象的

---

[1] 原文是指"gigantically"（庞大）一词具有很多音节，而中文里词的气势和音节长短多少并无必然关联。——译注

晕眩);"哈德逊河绿中见绿,在风中波涛滚滚"的韵律考究而又出乎意料("绿中见绿"精确地捕捉到了从几千英尺高空看一大片碧水时绿的不同深浅);最后,"在大气中航行"——这不正是飞行的自由感?而在这一刻之前却并没有什么语句能讲出这种感觉。在这之前,你相对来说是有口难言;在此之前,你只能麻木地套用平淡无味的说辞。

这种文风如何能避免我们之前探讨过的窘境,即福楼拜、厄普代克和大卫·福斯特·华莱士面临的窘境:一个风格化的小说家使用了他不幸的小说人物永远想不到的词?答案是无法避免。弦始终紧绷着,贝娄必须提醒我们纽瓦克抓住了"他每分每秒的注意力",好像是在说,"你看,伊萨克真的和我一样在用心观察这些事物。"但是贝娄的细节和韵律如此有动感,如此有活力,所以相比福楼拜和厄普代克,更能坦然面对唯美主义的指责。那道光滑的、预先造好的文字之墙——福楼拜想让我们为之惊叹"到底是怎么造出来的?"——在这里更像是一个毛糙的网格,透过它我们似乎可以窥见风格铸造成型的过程。至少对我而言,这种毛毛糙糙的质地和韵律,证明贝娄并非一个贸然乱入的抒情诗人，即便他文风极其华丽。[1]

120

区别油滑肤浅的行文和真正有意思的写作，标准之一是，前者之中缺乏不同的腔调。一个高效的惊悚故事里，风格往往被限死在某个特定场域：音乐中的类比大约是"调"，总是以合奏推进下去，旋律只有音阶的变化，中间没有和声。作为对比，丰富而大胆的行文能够同时玩转顺耳的协和与刺耳的不协和，出入自由而不限于一域。在写作中，"腔调"指的就是措辞，就是用一种特定的方式来说话——所以我们会有"高级"腔调和"低级"腔调（高一点的叫"父亲"，低一点的叫"爸"），有庄重的调子，也有俚俗的口吻，有仿英雄体的措辞，还有陈词滥调的说法，等等。

我们有一个约定俗成的预期，行文应该有一个

---

[1] 卢卡奇在《欧洲现实主义研究》中，区别了冻态的细节（frozen detail）和更具动态的细节（more dynamic detail），前者代表是福楼拜和左拉，后者代表是托尔斯泰、莎士比亚和巴尔扎克。卢卡奇的概念借自莱辛的《拉奥孔》，其中莱辛称赞荷马对阿喀琉斯盾牌的描述，不是将其视为已经成型的完整之物，而是视为"一面正在被铸造出来的盾牌"。

不变的腔调——一块实心的砖,就像大家都同意葬礼上穿黑。然而这是一个社会成规,诸如18世纪的文章就特别喜欢颠覆这种预期,常将杂七杂八我们觉得根本无法同在一个屋檐下的腔调搅到一起,制造喜剧。我们看奥斯丁如何取笑威廉·卢卡斯爵士,写他造了一幢新房子,"自那时起便赐名为卢府"。——尤其要注意那个酷炫的动词"赐名",奥斯丁用了一种冠冕堂皇的腔调(或者浮夸的措辞)来嘲弄威廉爵士自身的浮夸。更微妙的是,在《爱玛》里面,埃尔顿夫人在去唐威庄园的路上摘草莓,描写她换上"全套快乐的装备,她那顶宽大的无边呢帽和她的篮子"。"快乐的装备"这个词组当然绝对夺人眼球,亦如卢府那段,喜剧效果只需轻轻换个腔调,往上提一提,提到"装备"的高度。这个词暗示技术效率,其科研口吻同"快乐"格格不入。一套快乐的装备听上去更像是对立于某种折磨人的机械,而想不到是帽子和篮子,它表现了一种顽固和坚持,符合埃尔顿夫人的性格,也让心为之一沉。

奥斯丁的伎俩在很多现代作家中都能找到,比如大相径庭的缪丽尔·斯帕克和菲利普·罗斯。在

《春风不化雨》里面,有一个小女孩,珍妮,某天碰到了一个露阴癖,或者按斯帕克巧妙的描述来说:"在利斯河边被一个兴高采烈的暴露癖搭讪了。"这个形容词"兴高采烈"用得精彩,真叫人始料不及,而且在句中似乎不该有它的位置。它把这件事当中的威胁拿掉了,弄成了某种童话故事。大写的"利斯河"引入了一种荒唐的仿英雄腔,蒲柏一定会为之击节叫好。利斯河是一条小河,坚持将它标记出来使整件事更加搞笑,而它听上去又很像忘川(Lethe),这也很有意思。你可以在这些不同的腔调里听出喜感——开怀大笑——即使不知个中缘由。[1]

菲利普·罗斯在《萨巴斯剧院》(*Sabbath's*

---

[1] 某些程度上,正是通过腔调的变换,我们才感到有一个人的声音在对我们说话——奥斯丁的声音,斯帕克的声音,罗斯的声音。同理,在不同的腔调间跳跃使一个角色听上去像真人,哈姆雷特或利奥波德·布鲁姆皆然。在措辞上的来回摆动,能捕捉到真实的思考过程中的某种任性和丰富性:大卫·福斯特·华莱士和诺曼·拉什(Norman Rush)在这方面已经达成颇为可观的效果。拉什的两本小说《交配》(*Mating*)和《凡人》(*Mortals*),里面都充满精彩的腔调转换,效果是创造出一种真实而又古怪的美国之音:夸张的文绉绉和口语搅和在一起:"这个游戏(jeu)总有半真不假的谐趣,可我终于开始憎恶它,看穿了其隐秘的意图是让我的抑郁症病程短路,因为他毕竟想要我快快乐乐的,这不用说。"或者,"当时我躁狂,掀天斡地。一切都是最后一根稻草。我身不由己地攀上巅峰,又不由自主地跌回谷底。"

Theatre）里的一个长句子中也有类似的一笔。米奇·萨巴斯，一个魔鬼般的引诱者和厌世者，同一个克罗地亚裔美国女人德林卡维持了一段漫长而多汁的关系：

> 最近，当萨巴斯吮吸德林卡丰满的乳房——丰满（uberous），是丰盈繁茂（exuberant）的根词，后者本来就是"超过"（ex）加"丰满"（uberare），就是果实累累，就是朱诺如丁托列托画里那样俯卧着而银河从她的奶头流出来——他用一种不屈不挠的狂热吮吸，使得德林卡在狂喜中仰着脑袋发出呻吟（就像朱诺自己曾经也可能发过的那种呻吟），"我屄的最里面也感觉到了。"他被一种最尖锐的渴望刺穿了，那是对于过世了的小母亲的渴望。

这一小份大杂烩造成了多么惊人的亵渎！这个句子很脏，部分原因在于其符合众所周知对于脏的定义——错位的东西——其本身的定义就是把高级和低级语汇混在一起。但是为什么罗斯会搞出这种巴洛克式的推延和转变呢？为什么要写得这么复杂？如果你用简明的手法来呈现他的意思，令每件事各安其位——即，把搅局的腔调都去掉——你就知道原因了。一个简单的版本大致如下："最近，当萨巴斯吸德林卡乳房的时候，他被一种对于死去母亲的最尖锐的渴望刺穿了。"这读来依然有趣，因为从情人悄然滑向了母亲，但是它不丰盈茂盛。而复杂句达到的第一个效果就是演绎出丰茂，性的急匆匆的快感和混乱的欲望。其二，那个长长的、戏仿专家的插入分句，谈论"丰满"的拉丁词根和丁托列托画的朱诺，典型的杂耍伎俩，把抖包袱的时间推迟了："他被一种最尖锐的渴望刺穿了，那是对于过世了的小母亲的渴望。"（它同样推迟了一个词的出现，使得这个词更令人震惊，更出乎意料："尻"。）其三，既然这个句子喜感在于从一个对象转到另一个——从情人的乳房转到母亲的乳房——那么为了配套，该句风格也应该模仿这个可耻的转移，像疯狂的心电图一样上上下下："吮吸"（suckle）（高级措辞），"乳房"（breast）（中），"丰满"（uberare）（高），"丁托列托的画"（高），"银河从她的奶头流出来"（低），"不屈不挠的狂热"

(高，颇为正式的措辞)，"就像朱诺自己曾经也可能发出的那种呻吟"(还是挺高)，"屄"(很低)，"被一种最尖锐的渴望刺穿了"(高，又是正规措辞)。特意拉平这些不同层次的措辞，这句话的风格就恰当地发挥出来，把内容体现出来了，而这个内容正是可耻地将不同对象一视同仁。《萨巴斯剧院》是一幅富有激情、极其好笑、引人反感而又感人至深的肖像，描绘出男性丢人的性趣，在书中反复和生命力本身联系在一起。能在每天早晨勃起、能在六十五岁左右还诱惑得了女人、能坚持诋毁中产阶级道德、能像变老的米奇一样每天都说："操这可笑的意识形态！"就是活着。而这个句子活力十足，活力来自它诋毁了很多正经名词。在这句话里是德林卡还是朱诺还是米奇过世的母亲挨了操？三个人全部都挨了。罗斯高明地抓住了男人性趣当中依恋、孩子气的一面，情人的乳房仍然是母亲哺乳的奶头，因为母亲是你最初和唯一的情人。那么德林卡，不可避免地又是玛利亚(母亲，朱诺)，又是妓女(因为她不可能像母亲一样好)。在标准的厌女症套路里，男人对女人既珍爱，又憎恨，因为她是生命之源——银河从她的奶头里流出来，孩子来自她的两腿之间("太初子宫的怪兽",金斯堡在《祈祷文》[*Kaddish*]中如此称呼)。这是男人无法匹敌的,即使他们像米奇或后期的叶芝激情澎湃地鼓吹男性"生命力"。还应注意一个微妙处,动词用了"刺穿"("被一种最尖锐的渴望刺穿了"),罗斯在此颠倒了原本男—女的法则。米奇照理应该刺穿这个母亲—妓女,进入她,但其实却被刺穿,被进入了——反过来被操了——被那个给他生命的女人。一切尽在一个好句中。

121

比喻可以类比于小说,因为它让另一种现实流动起来。全部的想象力汇于一击。如果我把屋顶的石板比为犰狳的背部,或者将我头顶光秃秃的一小块比为麦田怪圈(或者在很糟糕的情况下,将之比为直升机降落时被压平的一圈草地),我要求你做的正是康拉德认为小说应该让你做的——看。我要求你想象另一个维度,提取其中的相似性。小说里的每一个暗喻或明喻都是一次微型小说的爆炸。在《虹》临近结尾处,厄休拉从旅馆阳台看伦敦。时值黎明,"皮卡迪利的路灯在公园的树边串成一线伸向远方，苍白而仿若飞蛾"。苍白而仿若飞蛾！我们在电光石火间明白了劳伦斯的意思，但这一刻之前我们不曾看过灯火如蛾。

  当然这种小小说（fiction-within-fiction）的爆炸不一定非要是视觉性的，正如小说里的细节不一定非要是视觉性的。"他说话时用手捋脸颊两边的络腮胡，好像他希望同时爱抚两半君主国一样。"这一句出自约瑟夫·罗特的《特罗塔家族》，小说讲的是一个家族在奥匈帝国最后几年时间里的衰败。两半君主国，指的自然就是奥地利那半和匈牙利那半。这是一个奇妙的形象，超现实而又古怪，令人激动。但是你不能说这个明喻把两半络腮胡呈现在了我们眼前——与之类似的是莎士比亚（或其合著者）的视觉化策略，《泰尔亲王佩里克里斯》里面一个渔夫说："这条鱼挂在网里，好像一个可怜人的权利挂在法律里。"罗特的比喻基于假设和类推——"好像"——莎士比亚酷爱这种比喻。它巧妙地告诉我们这位哈布斯堡官僚的用心，将他定格在一个奇特的象征性姿势上。

122

维特根斯坦曾抱怨,莎士比亚的明喻"在通常意义上,很糟"[1]。毋庸置疑,他的意思是莎士比亚喜欢把比喻用得铺张奢华,并且把比喻和比喻混在一起,正像亨利在《亨利四世》第一部里抱怨的"一位仆人眉毛的喜怒无常的边境线"。一些读者不同意眉毛可以是一条边境线,也不同意边境线可以喜怒无常。然而又一次,比喻的作用就像劳伦斯的那个例子一样,令我们的想象力加速奔向一个新的意义。还有个更好的例子,出自《麦克白》,麦克白看到妻子梦游,恳请医生医治她:"擦去写在脑中的烦心事。"维特根斯坦不会赞成,但是毕竟,维特根斯坦不大能算一个文学意义上的读者。一个奇怪的意象能整合多重念想,一是把我们的烦恼变成一句由众神"写下"的判决;二是通常意义上所谓脑海好像一本书,里面写着我们的想法;三是两条紧蹙的眉毛,即内心痛苦写在脸上的两行线。读者和观众猛然就全明白了,根本无须像我刚才那样大

---

[1] 《文化和价值》(*Culture and Value*),G. H. 冯·莱特(G.H.Von Wright)和黑奇·尼曼(Heikki Nyman)编,彼得·温奇(Peter Winch)翻译(1980)。

费周章把它们拆解开来。

　　实际上，有一个思路可以证明混合比喻完全符合逻辑，一点也不是歪门邪道。毕竟，比喻本来就是把两件大相径庭的事混在一起——一道眉毛并不真的像一条边境线——所以混合比喻可以说深得比喻之精髓：因为一道眉毛可以像一条边境线，那么顺理成章边境线也可以是喜怒无常的。当代话语里面，人们不喜欢混合比喻是因为它往往将两个陈词滥调并到一起，比如说"在绝望的苦海中他收获了蜂蜜一样甜的果实"。比喻的效力已经大打折扣，简直不成比喻，因为一个句子中混合了两三个陈词滥调（按照定义，其本身就是死掉的比喻）。但是莎士比亚的比喻往往催人思索，而不是要人机械地接受，观众一早就被要求离开那个——配对好的熟悉世界（比如，麦克白将怜悯比作初生的婴儿）。亨利·詹姆斯曾因使用混合比喻遭受指责，在回信中他说自己使用的不是混合而是"松散比喻"（loose metaphors）："最后，关于那个比喻，将羞耻包裹在一个绝口不提任何问题的夺目光彩之中[1]，

---

[1]　这是詹姆斯小说《罗德里克·赫德森》（Roderick Hudson）中的一句话。提出批评的人是格蕾丝·诺顿（Grace Norton）。——译注

这确实只是微不足道的混合体,但其本质上是一个松散的比喻——它并非一个明喻——它可从来没有自命迎风破浪。"[1](注意,无可救药的比喻爱好者詹姆斯必须使用另一个比喻,迎风破浪,来解释他自己的比喻。)[2]

但是,当然,大多数视觉类的明喻和暗喻,确实都自命能够迎风破浪,能令我们感到眼前多了一幅新的画面。这里给出四个例证,都极为成功地使用了比喻手法描写火焰。劳伦斯看到壁炉里的火,将其写成"在烟囱里奔腾的一束新焰"(《大海和撒丁岛》)。哈代在《远离尘嚣》里写加夫列尔·欧克的小屋里,有"一小捧鲜红的火"。贝娄在短篇小说《银碟》里有一句:"蓝色火焰扑棱着像煤火中有一群鱼。"而诺曼·拉什在他背景是博茨瓦纳的小说《交配》里,让主人公来到一个废弃的村落,在那

---

[1] 致格蕾斯·诺顿的信,1876年3月,见《亨利·詹姆斯书信集》(*Henry James: A life in Letters*),菲利普·霍恩(Philip Horne)编。

[2] 如果詹姆斯想的话,是能迎风破浪的,由此可以推翻纳博科夫向艾德蒙得·威尔逊所做的诋毁性质的抱怨。在写于1907年的《美国掠影》里,詹姆斯将已经颇为拥挤的曼哈顿地平线比作一个针垫,上面的针是晚上随意乱插进去的。在同一本书的后文里他还将之比为一把朝上的梳子,缺了一些梳齿。

里他看见"炊火在一些拉瓦帕斯之中摇晃"(拉瓦帕斯是一种简单的非洲庭院)。看好了:奔腾的一束(劳伦斯);一小捧鲜红的火(哈代);一群鱼(贝娄);还有摇晃的火(拉什)。有没有一个能脱颖而出?每一个都有细微差别。贝娄和劳伦斯可能最为视觉化——我们在脑海里可以看到火焰如花朵般明艳,像鱼一样扑棱(注意贝娄这里用的是复数的鱼群,正是因为复数听上去数量更大,更具有漪漪波动之势)。哈代是最朴实的,但也自有其大胆处:我们能想到一小捧尘土,但想不到一小捧火,因为我们不会用手去碰火。拉什的比喻绝妙,火焰确实摇晃(即,弯折、扇动、点蘸、弱下去、旺起来),但是什么时候我们会想到用"摇晃"[1]呢?就像哈代的"捧"(handful),用摇晃的大胆之处在于它也彻底是一个同火无关的词。尾巴摇晃,小丑也叫这个词(wag),但是火焰和这种轻松舒适的调调相去甚远。劳伦斯的比喻在用词上最为勇敢,因为把火焰比作一束花(当然火在壁炉中确实像花在瓶中)的同时,又用"奔腾"去搭配"花束"——"奔腾的

---

[1] 原文是 wag,即狗尾巴的那种摇晃。——译注

一束"——等于比喻之中又有一个比喻,因为只有火焰可以奔腾,一束花不会奔腾。某种程度上,这是一个混合比喻。所以这组之中只有劳伦斯用同样的价格给了我们两个比喻。(新焰,令人想起新鲜的花,或可算作第三个。)

这四个例子告诉我们,往往敢于逆直觉而行,用完全相反的东西来形容本体,是强效比喻的奥秘。火焰和花、鱼、捧、狗摇尾巴在想象中实在相去甚远。这种技巧的原理,或者毋宁说效果,正是俄国形式主义者所谓的陌生化。塞利纳在《茫茫黑夜漫游》里把我们从熟悉中吓走,把巴黎的高峰时间比作灾难:"看到他们都往那个方向疾驰,你会想阿让特伊一定出了什么大事,整个城镇都烧起来了。"根子上是象征主义者和形式主义者的纳博科夫,在《天赋》里把一摊五颜六色的油迹比作"柏油的鹦鹉"。显然,不论何时,你越轨将 x 比作 y,两者间总会出现一个巨大的间隙,你会让人意识到 x 和 y 之间根本不搭界,但是同时又令人意识到这种越界之中包含的匠心。

而我最高兴看到的那种比喻,就像上面关于火焰的那几个,疏远之后又能马上连接,后一项做得漂亮，就能藏住前一项。结果是小小的震惊，马上变成一种非如此不可的感觉。在《到灯塔去》里面，拉姆齐夫人和她的孩子们道了晚安，然后小心翼翼地关上了卧室的门，让"门的舌头缓缓伸展到锁里"。这个句子中的比喻不是落在"舌头"上，这很常见（人们一直在说锁舌），而是悄悄地埋进动词，"伸展"。这个动词使得整个过程得以伸展：一个人为了不吵醒孩子很慢——很慢——地转动把手，这难道不算你读过的最好的描写么？（舌头也很好，因为舌头制造声音，而这条特定的舌头必须保持安静。而孩子们在大白天一刻不停地动口动舌，现在终于可以无忧无虑地酣睡了）。与之正好相反的是，凯瑟琳·曼斯菲尔德在《已故上尉的女儿们》（"Daughters of the Late Colonel"）里面，写厨师凯特习惯"用她往常的样子冲进来，好像发现了什么暗门一样"。《宋飞正传》里的克瑞莫有类似的滑稽动作，而需要用好几集的重复，演员以及全部剧组人员通力合作达到的效果，曼斯菲尔德用一个明喻就搞定了。曼斯菲尔德很擅长使用明喻，在她另一个短篇小说《航行》里，船上有个小女孩听祖母躺在她头顶的床上祈祷，"一段长长的、柔和的低语,好像一个人轻手轻脚翻动着纸巾,想找什么东西"。

123

在纽约,回收垃圾的人把蛆叫作"跳迪斯科的米"(disco rice)。[1] 这和我以上讨论中的任何例子一样出色。哈代的一捧火,曼斯菲尔德老祖母的祈祷声仿佛某人在纸巾里翻找东西,还有玛丽莲·罗宾逊的"长满杂草的小小凡土",这些确实和垃圾回收者造出来的比喻有相通之处。这让我们回到了一直在问的问题,一个风格化的写作者如何在保持风格的同时不超越人物的水平。"成功"的比喻,既有想象力的考量,同时又必须适合人物——这个或这类特定的人物会用的比喻,能解决作者和人物之间的紧张关系。这点我们早就见识过了。我们讨论过《普宁》里坚果钳子是一个"顾长腿儿的东西"。莎士比亚的渔夫把鱼挂在网里比作"可怜人的权利挂在法律里"。我们进一步推测,也许他有时把法网比作渔网:他从身边寻找意象。契诃夫

---

[1] 见伊丽莎白·罗伊特,《垃圾场:垃圾的秘密审判》(2005)。

写一个鸟巢，形容它看上去好像有人在树上掉了一只手套——这是个农民的故事。切萨雷·帕韦泽的《月亮和篝火》，一部背景设在意大利落后乡村及其周边地区的伟大小说，写黄黄的月亮，"像玉米糊"。在《德伯家的苔丝》里，安琪儿和苔丝坐在运奶车上，牛奶溅进后面的桶里——但哈代写的是"一噔一噔地撞在"桶里，这首先符合生活实际（我们马上可以听到牛奶一噔一噔地撞在桶里），同时又很朴实，具有农场的感觉。（与之类似，在同一本小说里他写母牛乳房上突出来的奶头，好像吉卜赛人坩埚底部的小支脚。）在《爱》（Loving）里面，亨利·格林描写一个女仆漂亮的眼睛闪闪发亮，好像"李子浸在冷水里"——这部小说讲的全部都是一个城堡里仆人们的故事。除了莎士比亚，在以上所有例子当中，比喻没有明显地和人物绑定在一起。它是由第三人称叙事给出的。所以它似乎来自风格化的、善用比喻的作者，但同时也盘旋在人物周围，属于那个人物的世界。

对　话

124

1950年,亨利·格林在BBC广播做过一个小小的演讲,内容是关于小说中的对话。[1] 他极力消除小说中作家用来和读者沟通的粗野印迹:他决不从内心表现人物的想法,几乎不解释角色的动机,也避免动用作家权力人工添加副词,那么做通常能很容易地向读者表明人物感情("她大言不惭地说")。格林认为对话是和读者沟通的最好方式,没什么会像"解释"一样扼杀人物"生命"。他想象,

---

[1] 《生存:亨利·格林未收录作品集》(*Surviving: The Uncollected Writings of Henry Green*),马修·约克(Matthew Yorke)编(1992)。

有一对夫妻,结婚多年,每晚坐在家里。九点半的时候,丈夫说他要到马路对面的酒吧去。格林指出妻子的第一反应"你要去很久吗?"可以用许多不同的方式来表现("很快回来?""你什么时候回来?""要去很久?过多久你回来?"),每个说法都回响着不同的意思。关键在于,格林断言,不要用解释把对话框住:

> "你估计他们多久会把你扔出来?"
> 奥尔加问她的丈夫,表情看上去好像一只受伤的动物,她的嘴唇离开牙齿向后卷起,做出一个鬼脸,而她的语调中透露出这些年作为一个女人可没少和木屑、镜子还有公共酒吧里那种走气的啤酒打交道。

格林觉得这种来自作家的"帮助"实在不堪忍受,因为在现实生活中我们不知道别人是怎样的。"我们自然并不知晓他人之所思所感。怎么一个小说家就敢打包票呢?"

为抵制这种傲慢,格林自己倒开了一大张药单,但我们也不必恪守。注意,当格林戏仿解释,自己也陷入一个故意啰啰嗦嗦的二流风格（"看上去好像一只受伤的动物"），而我们可以想象出某种更有节制、不那么冒犯的版本："奥尔加知道他何时回家，回家时身上沾满烟熏酒气。十年如此，十年。"喜欢解释的作者，如乔治·艾略特、亨利·詹姆斯、马塞尔·普鲁斯特、弗吉尼亚·伍尔夫和菲利普·罗斯，还有很多其他的人，在格林的世界里都只能报废收场了。

然而他的宏旨，即对话应该带有多重含义，应该让不同读者读出不同意思，当然是不错的。（它可以有很多不确定的意思，即使作者同时已经给出了解释，我想，这需要高超的技巧。）格林提供了一个例子，展示他可能会如何推进下去：

　　他：我想我会到马路对面喝一杯。
　　她：你要去很久吗？
　　他：你干吗不一起来？
　　她：我想不来了。今晚不了。我不确定，也许会来。
　　他：好吧，那到底怎么样呢？
　　她：我没必要现在决定，对吧？如果我想

来我晚点会来的。

在这个段落里,应注意到,格林试图用一个问题回答另一个,而那是非常典型的格林笔法,女人在犹豫中滑来滑去——"今晚不了。我不确定,也许会来。"她在同一时间有很多情绪。结果男人的问题"好吧,那到底怎么样呢?"也变得难以解读。他是被激怒了,还是只是有点烦了?他真想让女人来酒吧,还是希望女人拒绝他流于形式的提议?读者倾向于做出某个特定的结论,但是也意识到其实有很多种可能。我们在文本中看见自己,把我们的版本套在事件上面。

格林的教诲有一个很棒的实例佐证,在奈保尔的伟大小说《毕司沃斯先生的房子》里面。毕司沃斯先生准备造一个房子,但他只有一百美元。他去拜访一个黑人建筑工,麦克连恩先生(一个特立尼达黑人在小说中拥有的少数几幅肖像之一),然后战战兢兢地提出问题。这里处理得很美妙的是,两个人都跳了段骄傲与羞耻的双人舞,各自都在编故事。毕司沃斯先生想要麦克连恩相信自己有足够的钱造一个漂亮的大房子,麦克连恩想让毕司沃斯以为自己很忙,订单应接不暇。当然,两个人都看穿了对方的花招。

毕司沃斯先生一开头建议他们慢慢来(那样,他就可以每个月分开付钱而不是一下子付一大笔钱)。理想情况是毕司沃斯让麦克连恩用一年造完。

"我们宽松一点,又没谁逼着一定要马上把整个东西造出来,"毕司沃斯先生说,"你知道,罗马非一日建成。"

"话是这么说。但罗马总归是搞好了。不论怎样,我一有时间就会过来,我们去看看场地,你有块地对吗?"

"是啊是啊,老兄。有块地。"

"好吧,那么过两三天我就来。"

那天下午他很早就到了,穿鞋戴帽,身上是一件烫过的衬衫。然后他们去看场地。

到了选址所在,毕司沃斯先生宣布他要实心的柱子,抹上灰泥平整光滑,麦克连恩则要他的现金:

"你觉得能不能给我大概一百五十美元，我好开工？"

毕司沃斯先生犹豫了。

"你千万别以为我想干涉你的私事。我只是现在就想知道你准备花多少钱？"

毕司沃斯先生从麦克连恩先生旁边走开，走入这片潮湿之地的矮灌木丛里，走到野草和荨麻当中。"大概一百美元，"他说，"但是在每个月末我可以多给你一点。"

"一百。"

"行吧？"

"行，没问题。够开工。"

他们走过草丛来到塞满叶子的沟渠，然后走上窄窄的水泥路。

"每个月我们造一点，"毕司沃斯先生说，"一点一点来。"

"对，一点一点来。"

骄傲之舞小心翼翼地跳完了。毕司沃斯首先把他的羞耻缝进古代典故，希望这样能更加光鲜一点（"你知道，罗马非一日建成"），对此麦克连恩回以实际的咕哝:"话是这么说。但罗马总归是搞好了。"奈保尔微妙地使用特立尼达土语——"但罗马总归搞好了。"——来区分两个不同的人和不同的社会地位。毕司沃斯先生也意识到了这种区别,因为当麦克连恩问他有没有场地时,他试图填补这种差距所以用"黑人"土话说:"是啊是啊,老兄。有块地。"(不论何时毕司沃斯想虚张声势,他都会用显得亲热的加勒比词"老兄"。)麦克连恩佯装很忙所以不能在几天里过来,然后"那天下午很早"就到了。

然后一切又来一遍,从钱的问题开始。麦克连恩很清楚毕司沃斯是要面子,但还是奉承地说了句荒唐的"你千万别以为我是要干涉你的私事"。然后奈保尔毫不留情地向读者指出,选址本身落叶堆积,杂草丛生,整件事从一开始就注定要完蛋。(这里,相比一声不响的亨利·格林,奈保尔应该算是在解释、在指点。)

125

而同一本小说也提醒我们,格林说"对话是小说家和读者交流的最佳方式"也不一定对。因为没有对话也可以交流。圣诞节,毕司沃斯先生突发奇想，决定去给女儿买一个贵死人的玩偶之家当礼物。他根本买不起。他在这个礼物上面花掉了整整一个月的工资。这是一个精彩又疯狂的章节，充满了期待、渴望和羞辱。

  他下了自行车把它靠在路缘石边。他还没拿下裤管夹就被一个眼神迷离的店员搭话，那个人在反复嗑牙齿。店员给毕司沃斯先生一根香烟，为他点上。相互说了几句。然后，毕司沃斯肩上搭着店员的手臂，消失在店里。没过几分钟毕司沃斯先生和店员又出来了。他们吸着烟，都很兴奋。一个男孩从店里出来，手里拿的巨大的玩偶之家遮去了大半个身子。玩偶之家被放在毕司沃斯先生的自行车把上，然后毕司沃斯先生走在一边，男孩走在另一边，自行车被推着下了大街。

一句对话都没有——正好相反，仅仅报告了一场我们没有目睹的对话："相互说了几句。"这又一次既好笑又极其痛苦，因为奈保尔写的方式。他坚决不写购买行为本身。相反，他描述场景好像作者在店外架起一个摄像机。我们看见男人抽烟，我们看见他们进去，然后过了一分钟我们看到他们出来，"抽着烟很兴奋"。这个场景因而有点像截取自一部默片，并且几乎乞求着用倍速快进，当成闹剧播放。被动动词的大量使用，完全因为毕司沃斯是一个软弱的、可笑的绅士，自以为他能昂首挺胸其实基本上都是被动的"被搭话……玩偶之家被放在毕司沃斯先生的自行车把上……被推着下了大街"。奈保尔故意描绘事件好像毕司沃斯先生跟这一切毫无关系，这可能是毕司沃斯先生自己为这一刻编造的版本。最微妙的就是不表现购买本身，那个钱转手的时刻。这是毕司沃斯先生羞耻的中心，好像叙述也知道这点，尴尬得不愿表现这种羞耻。奈保尔对此心知肚明，完全尽在掌握。他知道那句"互相说了几句话"是整个段落的轴心——因为当然不是互相说了几句话很要紧，关键是钱转了手。这是不能，绝对不能，描写出来的。

几天后，玩偶之家被毕司沃斯先生的老婆摔了个粉碎，因为她认为不公平，给女儿买这么贵重的礼物，而毕司沃斯先生庞大得可怕的家庭里，其他的孩子们却一无所得。

真相，常规，现实主义

假很容易，真很难。[1]

126

以下是最近两则关于现实主义文学的论断，这些论断反映时代，个性鲜明，再典型不过了，要是一个现实主义小说家有本事想出来，倒该引以为豪了。第一条来自小说家里克·穆迪（Rick Moody），写于读书论坛网（*Bookforum*）：

> 虽然这么说有点古怪，但现实主义小说真

---

[1] 乔治·艾略特，《亚当·比德》（*Adam Bede*）。

应该被打屁股。这个文体，它里面的那些顿悟、渐进的行为、可预测的走向、传统的人道主义，偶然仍然能取悦我们，感动我们，但对我而言，它在政治和哲学上颇为可疑，并且往往无趣。因此，它应该被打屁股。

第二条来自帕特里克·盖尔斯（Patrick Giles），在一个名为"优雅变奏"（The Elegant Variation）的文学博客上，就小说、现实主义以及虚构的可信度进行了一次漫长而闹腾的讨论："将此[现实主义小说]视为文学传统中最高级的文类，这种念头太好笑了，我可犯不着去落井下石。"

两个论断具有同一种风格，一种俚语村言式的轻松措辞（"打屁股""犯不着"），这本身就告诉我们两位作家对于现实主义风格的看法：它沉闷，正确，僵化，讨论它的唯一方法只能是用与之截然对立的风格去嘲弄它，即用乡俗俚语。穆迪的三句话很有效率地整合了大行其道的种种臆断。现实主义是一种"文类"（而不是说，小说写作的核心冲动）；它仅仅被视作一个死掉的传统，与之关联的是某种常规剧情，有可预测的开头和结尾；它处理

"圆形"人物,但总是充满柔情,好心好意("传统的人道主义");它假定世界是可以描述的,在世界和语言所指的对象间建立起天真而稳固的联系("哲学上是可疑的"),而这一切指向一个保守的甚至压迫的政治("政治上……可疑")。

127

不管怎么说,我们还是能听懂里克·穆迪的意思。不妨称之为"小说主义"吧。我们都读过很多那种小说,常规的装置锈得厉害,小说举步维艰。为什么,我们问自己,人们说话时要用引号?为什么他们在某些场景里你来我往大谈特谈?为什么要有那么多"冲突"?为什么人们想事情的时候,要在房间里进进出出,放下手里的饮料,玩手边的食物?为什么他们都要偷情?为什么这些书里总是有个上了年纪的大屠杀幸存者?还有求求你了,不管你搞什么,别搞什么乱伦……

塞瑞尔·康纳利(Cyril Connolly)1935 年写了一篇很机智的文章,要给种种常规来个满门抄斩——"所有那种谈论不止一代人的小说,或者那种发生于 1918 年以前的小说,或者写教区里那种聪明而贫苦的孩子的小说",所有背景设在汉普郡、萨克森、牛津、剑桥、埃塞克斯海岸、威尔特郡、康沃尔、肯辛顿、切尔西、汉普斯特德、海德公园、哈默史密斯的小说。

很多情况都应被禁止。一切得到或失去工作,求婚,收到来自任一性别的情书……一切关于疾病和自杀(除了发疯)的指涉,一切引号,一切提及天才、前途、写作、绘画、雕塑、艺术、诗歌,还有任何用到诸如以下说法:"我喜欢你的东西","他的东西怎么样","牛逼","我给你弄点咖啡吧",一切雄心勃勃的男青年和情绪丰富的女青年,一切诸如"亲爱的,我找到了最棒的小屋(房子,城堡)","随你哪个时间问,我最亲爱的,但求你了——就这一次——现在不行","爱你——我当然爱你(不爱你)"——还有"不是那样,我只是觉得太累了"。

禁掉的名字:雨果,彼得,塞巴斯蒂安,安德烈,艾弗,朱莉安,帕梅拉,克洛伊,伊涅德,伊内兹,米兰达,乔安娜,吉尔,弗里斯提，菲利斯。

禁掉的面孔：一切带鬈发和大眼睛的男青年，一切瘦削憔悴的哲学家脸，一切牧神式的人物，一切高于六英尺的人，一切带有任何特征的人，还有一切脖子上有后颈脖的女人（他喜欢她头发在脖颈小小的凹处卷起来的样子）。[1]

现实主义之于穆迪和盖尔斯，等于一个叫米兰达或朱莉安的人物之于康纳利，这不过是又一个反映出猥琐的中产阶级读者趣味的陈规罢了。巴特认为不存在可用来描述世界的"现实主义"方法。19世纪作家天真的幻觉，即一个词与其所指之物间有一个必然而明白无误的联系，已经不可以再谈了。我们只能在不同的、相互竞争的虚构之间徘徊，其中现实主义正是最糊涂，也许是愚钝的，因为它对于自身的规范最无自觉。现实主义并不指向现实，现实主义是不现实的。巴特说，现实主义是一套常规的编码，一套无所不在的语法，所以我们意识不

---

[1]《再谈现代小说》，收于《有罪的游乐场：1927—1944》（*The Condemned Playground: Essays 1927—1944*）（1945）。

到它构建起的是资产阶级的叙事。[1]

实际来说,巴特指的传统小说家对我们行蒙骗之勾当:一面光滑的文字之墙出现在我们眼前,而我们只是懒惰地喘着气大喊:"这一切是怎么发生的?"——正如福楼拜希望我们做的那样。我们不再费心留意小说里的陈规比如人们总是在引号里说话("'一派胡言。'他说,斩钉截铁。"),比如一个人物初登场时从外部用寥寥几笔加以概括("她是个矮小的宽脸女人,约五十岁,头发染得很糟");比如细节都是精选出来的,并且很有建设性地"流露"("她注意到,他倒威士忌时,两只手微微颤抖");比如动态细节和习惯性的细节混在一起;比如戏剧性的动作被人物的沉思恰到好处地打断了("静静坐在桌边,他的一只手臂撑着脑袋,他又一次想起他的父亲");比如人物会转变;比如故事有结局;等等。我们深陷于"小说主义"的泥潭。

128

没人会否认这类写作已经变成了一种隐形的法

---

[1] 见《S/Z》(1970)。

典，拿在手里，我们就不再注意到它的人工属性。原因之一是经济。商业现实主义已经垄断了市场，变成小说中最强大的品牌。我们必须指望这个品牌能经济地生产出来，周而复始。因此抱怨现实主义不过是一套混淆现实的文法规则，说得更符合勒卡雷或者 P. D. 詹姆斯的情况，而不是福楼拜、乔治·艾略特或伊舍伍德的情况：当一种风格解体，自我扁化为一种文类，那么它确实变成了一套造作并且通常毫无活力的技巧。高效的惊悚小说只从远远不那么高效的福楼拜或伊舍伍德那里拿它要的东西，而把那些真正让作家生气勃勃的东西扔掉了。当然，经济上最符合这种大致上毫无生气的"现实主义"的，是商业电影，今日大部分人由此认识了所谓"现实主义"。

129

任何长寿而成功的风格，都会发生这类变质和解体，这毋庸置疑；而作家——或批评家，或读者——的任务则是找出那无法被化约的东西、那过剩的东西、遣散费的差额、风格——任何风格——当中无法被轻易复制和删除的东西。

130

而巴特、穆迪、盖尔斯和威廉·加斯这些小说传统之敌不这么做,他们混淆了不同的抱怨。这是巴特在1966年说的:"叙事的作用不是'再现',它应该构成一个引起好奇的神秘景观,但不论如何并不遵循模仿的规则……在叙述中'发生的事',对照(现实)而言,根本什么都没有发生,真正'发生'的只有语言,语言的冒险,为语言的到来而举行的永不停歇的庆典。"[1] 好吧,指责小说囿于常规是一回事;而从这种指责出发,得出一个相当可疑的结论,说这种小说常规不能表达任何实在的东西,叙述"根本什么"都不能再现,就太极端了。首先,小说总是在这个或那个方面

---

[1] 出自《叙事的结构性分析引论》(Introduction to the Structural Analysis of Narratires) (1966)。引自安托万·贡巴尼翁 (Antoine Compagnon) 的《文学,理论,常识》(Literature, Theory, and Common Sense),卡罗·卡斯曼 (Carol Cosman) 译 (2004)。值得注意的是,巴特在最后听上去和柏拉图差不多,对柏拉图来说模仿 (mimesis) 只是对于模仿物 (imitation) 的模仿。法国人之所以执着于现实主义——以及全部虚构叙事——的虚假性,因为法语里的过去时专门用于书写过去,在口语里不用。换言之,法语小说有一套专门用于编造的语言,所以看上去,在种种方面,必然是难以忍受的"文学化",并且虚假。

有其常规，如果你以常规为由拒绝某种现实主义，那么基于同样的原因你也必须拒绝超现实主义，科幻小说，自我指涉的后现代主义，那种有四个不同结局的小说，等等。常规无所不在，像老年一样不可战胜，一旦你到了某个年纪，你要么死于这把年纪，要么和这把年纪一起死。塞瑞尔·康纳利文章里巧妙的喜感在于，把每种可以想到的常规都禁掉之后，他实际上等于把任何小说写作都禁掉了——"一切高于六英尺的人，一切带有任何特征的人。"其次，仅仅因为人工操作和常规卷入了同一种风格，并不意味着现实主义（或任何其他风格）很虚假很陈旧，无法指涉现实。叙事可以是常规的，而不必是一种纯然武断、并无所指的技术活，如一首十四行诗的格式或史努比总是用以开头的那句话（"那是一个漆黑的风雨交加的夜晚……"）。

131

保罗·瓦莱里对于小说的主张亦抱有巴特式的敌意，为证明小说的虚构前提全然是武断的，他给出这样一句话："侯爵夫人在五点钟出门。"瓦莱里觉得，正如威廉·加斯讨论詹姆斯的卡什茂先生时那样，这个句子可以和无限多其他可能的句子互换，这种临时性取消了小说叙事的必要性以及它对于可能性的所有权。然而一旦我把第二句话放上去——比如"早上来的那封信令侯爵夫人深感烦扰，为此她决定做些什么"——第一句话看上去就不那么随意、霸道、徒有其表了。一个关联和从属的系统开始成形。而正如朱利安·格拉克（Julian Gracq）指出的，"侯爵夫人"和"五点钟"根本不是随意的，反而充满了限制和暗示：侯爵夫人不是一个普通的、可以随意替换的市民，而五点已经是傍晚，六点是开始喝酒的时间。人们不禁要问：侯爵夫人出门，干吗去呢？

132

常规的问题，并不在于它本身不真实，而是它总是在不断的重复中变得越来越平常。爱情变为日常（巴特确实真的说过，"我爱你"是最大的陈词滥调），但这个事实并不能阻止人们相爱。比喻死于滥用，但指责比喻本身没有活力是不合理的。当第一个穴居人哆哆嗦嗦说出，他冷得像块冰，他的对谈者或许会大叫:"绝对天才!"(毕竟,冰是冷的。)同理,若现在有人以伦勃朗风格作画,只能是个三流仿冒者,而不是原创的天才。这个道理太简单了,本来不用说出来,可那些一门心思敌视逼真性的人却总是把常规混淆于根本无力真实地表达任何东西。布里奇特·洛(Brigid Lowe)[1]认为小说指涉的问题——小说能否就世界做出一些真实的结论?——这个问题就问错了,因为小说并不要求我们去相信什么事情(哲学意义上),而是去想象事情(艺术意义上):"想象阳光照在背上的温暖和相信明天是个晴天完全是两码事。一种体验是感知性的,另一种则纯是抽象的。我们讲一个故事,虽然可能希望借此传达某种教益,但主要的目标是提供一种想象中的体验。"她提议我们恢复使用一个古希腊的修辞术语"生动的叙述"(hypotyposis),意思是把某事放到我们的眼前,使之在我们眼前活起来。(我不太看好"生动的叙述"在短期内会取代"现实主义"。)

---

[1] 《维多利亚小说和同情之见》(*Victorian Fiction and the Insights of Sympathy*)(2007)。

133

卡尔·奥韦·克瑙斯高，在精疲力竭的常规里看出来一条新路。《我的奋斗》第二卷里，克瑙斯高写道，他像很多当代作家一样，丧失了对于当代小说的信心。他会读新出的小说，却无一例外感到虚假造作，"编造"的痕迹太明显了。这种无聊的千篇一律，在他看来，源于逼真和真实之间永远不变的关系："逼真和现实之间永远有一个无法缩小的差额。"他推出的结论是，虚构的叙述毫无价值，所以他转向还能找到价值和意义的那些形式：日记和论文，"那类和叙事无关的文学，根本不讲任何东西，而仅由一个声音构成，这个声音就是你的个性、生活、面孔，一种你可以对视的目光。"

这种想法与罗兰·巴特的反现实主义具有显而易见的相似之处，但两者的不同也不容忽视。按照克瑙斯高的思路，问题并非不存在什么真实，或者艺术家不应该关心真实，或者叙述无法抓住真实。问题甚至不是逼真这一要求和志向本身。问题是无休止地滋生同一种逼真，是和其所描述的世界保持同一种固定（fixed）的关系。（"固定"在这里兼具两个意思：一是永不改变，二是某种程度的操控和弄虚作假,因为它永不改变。)

一个在哲学和美学上如此忌口的作家,会写出来什么样的东西呢?克瑙斯高的创作也许会符合你的期待。他调整了镜头,他填上了写作和世界之间的鸿沟,他大破大立。他根本不在乎叙事的工整,他的声音和个性泛滥在叙事中——横插进自传、论文、对于艺术、音乐、哲学的看法,他避免"明显"的编造(戏剧化的场景、家长里短的争吵、机智的对话、恰到好处的"冲突"),他直书在我们的时代写出真实的小说多么困难。但他不是反现实主义者。恰恰相反,他对于真实、对于写作可以真切地戳穿什么,兴趣浓厚。他厌倦了常规的逼真——厌倦了小说主义——并非因为他不想要那么多真实,而是因为他想要更多真实,用别的方法来写出真实。你可以说他是一个超级-现实主义者、世上最狂热的现实主义者。

134

对于仍然有志于虚构的创作者而言,罗兰·巴特是一个悖论,他激进的认识论最终只会走向自我毁灭。如果语言的虚构只能把现实变成虚假、只能关乎语言本身,那么合乎逻辑的反应就是用停止虚构来为虚假赎罪,并且转而创作罗兰·巴特自己搞的那类东西,那种令人目眩神迷的大杂烩,里面有批评、理论、断章、回忆录以及常规小说尽属虚假的论断。

而实际上,大多数后现代小说家都在两头下注。后现代小说家继续编造小说,但他们的编法有所不同,最突出的特征就是:他们一边编造,一边承认自己在编造。所以元小说[1]或者自我指涉的小说往往好像在忏悔,只不过坦诚的认账里,总是夹缠了反讽:明说了是假的,算有弥补的意味,但明知是假的,反而更加乐此不疲。当然,认账有很多方法。可以故事套故事,或者让人物和作家同名(这两招保罗·奥斯特都很喜欢用);可以让小说的内容,就是"读这本你捧在手里的小说的经历"(伊塔洛·卡尔维诺的《如果在冬夜,一个旅人》);也可以让书里的某个人物写出你在读的这本小说(亚历杭德罗·桑布拉的《回家的路》、伊恩·麦克

---

[1] 介绍这些术语最清楚的一本书是琳达·哈琴(Linda Hutcheon)的经典著作:《后现代主义的诗学》(A Poetics Postmodernism)(1988)。

尤恩的《赎罪》)。有些书允许读者决定阅读顺序（胡里奥·科塔萨尔的《跳房子》，阿莉·史密斯的《两全之法》），或者选择不同的结局（约翰·福尔斯的《法国中尉的女人》），或者要求读者自己把故事串起来——而小说本身却似乎很排斥连贯性（克劳德·西蒙的《弗兰德公路》，罗贝托·波拉尼奥的《荒野侦探》）。

135

这种作家反溯小说的传统，因为最早的一部伟大作品《堂吉诃德》，不仅是活泼、滑稽、温柔、严肃、深刻的小说，同时也在高高兴兴地大谈写小说这回事，实际上已经讲到了现实的虚构性。（塞万提斯这本小说的第二部里，"真正的"堂吉诃德，我们钟爱的英雄，必须面对一个冒牌货，此人声称他才是真的堂吉诃德。）也许大多数深刻的小说——哪怕一些通常并不归于先锋实验或后现代主义的书——总会或明或暗地承认自己是虚构的，也总在用某种方式评价写小说的危险和道义——这本身就构成了它们的深刻。像塞万提斯那样的严肃艺术家，都醉心于研究我们如何构建各自的现实，我们正是用这种虚构,来支撑和驱动往往很不可思议的内心生活。所以,他们在暗暗(时常很露骨地)关心,如何运用与此类同的方法写小说。我就想到,莎士比亚经常在舞台上提醒我们一切仅仅发生在舞台上(《李尔王》当中,格洛斯特以为自己掉落悬崖,却只是掉到了舞台上)。18世纪和19世纪的许多小说里,作者兼叙事者经常突然闯入,插播人生建议和各种注解,如此便打破了小说营造的幻象和进程(菲尔丁、乔治·艾略特、果戈理、梅尔维尔、司汤达、托尔斯泰)。很多所谓的"传统"小说,都追随塞万提斯的先例,专写男女主人公读了太多小说(《叶甫盖尼·奥涅金》《当代英雄》《地下室手记》《包法利夫人》《尼尔斯·伦奈》《笨伯联盟》《孤独城堡》)。

136

来说说我自己在后现代艺术方面的口味。我喜欢的作品一般是这样的:既有本事混淆真假,同时又能告诉我们何为现实,既对虚构的技艺评头论足,又对我们生活的世界满怀深情。解构与建设,加法和减法,玩得转便仿佛魔法。这方面的例子,我前面已经提过萨拉马戈、塞巴尔德、斯帕克、菲利普·罗斯、贝克特、莉迪亚·戴维斯、亚历杭德罗·桑布拉。不过，让我最后再举一个例子吧：阿巴斯·基亚罗斯塔米的电影《橄榄树下的恋人》。此片中，阿巴斯一如既往地叙述了一个复杂而自觉的故事，手法却简单至极。一位伊朗导演在伊朗北部乡村拍片，需要男女主角。而选中做男主角的那个年轻演员，原来在现实中真的爱上了和他演对手戏的女演员。他曾向她求婚，但遭到拒绝，理由是他没有房子，还是一个文盲。然而，在片场，俩人必须扮演夫妻。阿巴斯从微不足道的小事里挖掘出最温柔的喜剧，比如女演员在片场拒绝管男演员叫"侯赛因先生"，因为这是夫妻之间的称呼。有一场戏是丈夫问妻子他的袜子在哪儿。两人演得不太好，反反复复重拍。而下了戏，满腔爱意的男演员向满腹狐疑的女演员保证，如果他俩真的结了婚，他一定知道袜子在哪儿。

《橄榄树下的恋人》里的这两个年轻角色，扎扎实实、非常丰满。说来也怪，他们的扎实并不因阿巴斯的后现代自觉而软化，反而神奇地因此而更上层楼。（我永远乐意看他俩排练找袜子的那场戏。)阿巴斯迷恋的虚构性——他的电影经常打破第四堵墙——自然而然地根植于他对现实的浓厚兴趣,正如一个人也许之所以对色彩很感兴趣,是因为很喜欢花,之所以对天使很感兴趣,是因为相信上帝。

137

如果我们重新检视亚里士多德在《诗学》里对于模仿的阐述,我们会发现他的定义并不针对指涉。亚里士多德说,历史告诉我们"阿尔西比亚底斯做了什么";而诗——即一切虚构叙事——告诉我们在阿尔西比亚底斯身上"可能会发生什么"。在此,假设的可信性——可能性——是一个重要而遭忽视的概念:可能性是一场保卫可信的想象,同不可信所做的斗争。这正是亚里士多德所谓的,在模仿之中,令人信服的不可能性总是优于不能令人信服的可能性。所以重任不是押在简单的相似或指涉上面(因为亚里士多德也承认艺术家可以表现物理上不可能的东西),而是押在模仿的说服力上面:艺术家的目标是,令我们相信这确实可能发生。内在的连贯性和可信性比一板一眼的指涉更为重要。显然这需要动用虚构的才艺,而不仅仅是报告。

所以我们应该替换掉那个总是成问题的"现实主义",代之以那个更成问题的"真相"……一旦我们把"现实主义"抛到脑后,我们就可以说卡夫卡的《变形记》、汉姆生的《饥饿》,还有贝克特的《终局》都不是再现某种可能的或典型的人类活动,但这些文本仍然揭示出痛苦的真相。我们对自己说,被从家里赶出去就是这种感觉,像一个虫子(卡夫卡),或者像一个年轻的疯子(汉姆生),或者像衰老的父母,被塞进垃圾桶里每天喂流食(贝克特)。当代小说中有一个场景恐怖程度无出其右,连麦卡锡的血袋和丹尼斯·库珀的虐爱都不能相提并论的,是克努特·汉姆生《饥饿》里的叙事者,一个青年知识分子,把手指放进嘴巴,开始吃他自己。我希望我们中没有人做过或想做这种事。但汉姆生为我们分享了这个经历,令我们感同身受。约翰逊博士在他《为莎士比亚而作的序言》里提醒我们,"模仿产生快乐或痛苦,并非因为它们被混淆为现实,而是因为它们令我们想起现实。"

138

常规本身，亦如比喻本身，没有死掉；却总是正在死掉。所以艺术家总想比它更加聪明。但在斗智的过程中，艺术家总会建立起另一种走向死亡的常规。这个悖论解释了一个更深层的、众所周知的文学史悖论——我们也见证了这个悖论贯穿本书，从福楼拜到克瑙斯高——即诗人和小说家循环往复地攻击某种现实主义，为的是宣扬他们自己的现实主义。这可以用福楼拜对于色情小说的评论来总结："淫秽读物是不道德的，因为它们是虚假的。读者会说：'事情根本不是那个样子。'提醒您，我厌恶现实主义，尽管我被说成是它的一个教宗。"一方面，福楼拜完全不想同"现实主义"运动有任何瓜葛；另一方面，他视某些书籍为"虚假"，因为它们没有描绘出事物本来的样子。（契诃夫看易卜生的戏也有过类似的论述："易卜生不是一个剧作家……易卜生不懂生活。生活里根本就不是那么回事。"）托马斯·哈代说艺术不是现实的，因为艺术是"比例失调的——（即扭曲的，夸张的）——现实，如果仅仅将现实照单全收地复制汇报，虽可能吸引注意，但更可能遭到无视。因此'现实主义'

不是艺术"。然而哈代和福楼拜不遑多让,力图在诗歌和小说中展现"事物本来的样子"。还有谁比哈代更真实地写过乡村社群,以及悲伤?

这些作家拒绝照相式的忠诚,因为艺术需要选择和塑造。但他们敬畏真相和真实性。过去两个世纪里重要的文学运动都意欲把握"生活"的"真相"(或者说"事情本来的样子"),虽然什么算"现实主义"的定义一直在变(当然,即使"生活"的定义经历种种变化——但这个定义的变化并不表示生活这件事是不存在的)。伍尔夫理直气壮地抱怨《小说面面观》里福斯特老是搬出"生活",这表明福斯特身上还残留着很强烈的维多利亚时期的审美观念。伍尔夫恰当地指出,一部小说的成功不只在于让人想起"生活",同样也在于它能用形式方面的特点取悦我们,比如风格和语言:

> 这时一根筋的学生不禁要问:这个在各种谈论小说的书籍中总是神秘地冒出来的"生活"到底是什么?为什么风格中没有生活而一场茶话会里就有生活?如果我们确实从《金碗》(*Golden Bowl*)的风格中得到极大乐趣,那么

> 它为什么不如特罗洛普先生描写一位女士在牧师寓所里喝茶的感情有价值？是不是生活的定义太武断了而应该拓展一下？还有为什么对于情节、人物、故事和小说其他成分的终极考量，取决于它们模仿生活的能力？为什么一把真实的椅子就应该好过一头想象中的大象？[1]

但另一方面，她也抱怨阿诺德·本内特连同爱德华时代的那批小说家，他们的小说中"生活逃掉了"，而"也许除了生活，再没什么东西是有价值的"。[2] 她称赞乔伊斯贴近"生活"，并且将无数陈规陋习一扫而空。阿兰·罗伯-格里耶在《为了一种新小说》中不无正确地说："所有作家都认为自己是现实主义者。从没人说自己是抽象派，印象派，空想派，幻想派。"然而，他接着说，如果把所有作家都聚在同一面大旗之下，他们并不会就现实主义达成共识，只会用他们各执一词的现实主义相互厮杀。

---

[1]《小说是艺术吗？》(Is Fiction an Art?)（1927）。
[2]《现代小说》(Modern Fiction)（1922）。

如果我们在这些例子中再添上新古典主义批评家所钟爱的"自然",无比强势的亚里士多德传统中对于可能和不可能之奇迹的区分(对此,塞万提斯、菲尔丁、理查德森、约翰逊博士都很接受),华兹华斯和柯勒律治所声称的《抒情歌谣集》中的诗"自然地勾画出人类的激情、人类的性格和人类的事件",等等,我们倾向于认为,忠实反映生活的欲望——完成精准看透"事物本来样子"的艺术——是一种普遍的文学动机,小说和戏剧最核心的一句话是:詹姆斯在《梅茜的世界》所谓的"在小说的坚实的土地上,确有真理之碧水蜿蜒流淌"。"现实主义"及其引发的技术和哲学层面的琐屑争吵则仿如一群鲜红色的鲱鱼。

139

在我们自己的日常阅读中,我们也会遇见真理之碧水,环抱着某处;我们会碰到一些场景和瞬间,那些排列得恰到好处的词,在小说和诗歌里,在电影和戏剧里,其中的真相震撼我们,感动我们,支持我们,令旧习的大厦轰然倒塌:李尔王请求考狄利娅原谅;麦克白夫人在宴会上嘘她丈夫;

《战争与和平》中皮埃尔差点被法国士兵处决;衣衫褴褛的幸存者在萨拉马戈的《失明症漫记》里游荡街上;多萝西娅·布鲁克在罗马,意识到她嫁的那个男人已精神死亡;格里高尔·萨姆沙被自己惊慌失措的父亲推回房间;《群魔》中基里洛夫写自杀遗言时——可怕的彼得·韦尔霍文斯基就站在他旁边——突然滑稽地大叫:"等等!我要在最上面画一个吐舌头的脸……我要数落他们!"或者《劝导》里的那个美妙的小小场景,安妮·艾略特跪在地板上,迫切地想摆脱背上那个两岁的男孩,她一直暗恋的那个男人,温特沃斯上校突然为她释去重负:

> 有人把他从她背上抱走了,虽然他本来把她脖子都压弯了,但两只很有力气的小手还是松开了,他被不容分说地抱开了,她这才知道原来是温特沃斯上校帮的忙。
>
> 这个发现令她一时不知道该说什么。她甚至没法对他说句谢谢。她只能搭着小查尔斯,心乱如麻。

薇拉·凯瑟《死神来接大主教》(*Death Comes*

for the Archbishop)的最后一章里,有美国小说史上最精彩的几页。[1] 拉托神父回到圣塔菲,在他的教堂附近等死:"在新墨西哥,他总以年轻人的身份醒来;等到他醒来要刮胡子的时候,他才意识到自己已经变老了。他的头一个意识是,干燥的风轻轻吹过窗户,带着烈日、灌木和香甜的丁香的气味;这风吹得人轻飘飘,吹得心呼喊起来:'今——天,今天。'好似孩童之心。"他躺在床上,想着在法国度过的旧日子,还有在新世界过的新生活,想着建筑师,摩尔尼,是他为自己建造了圣塔菲的那座罗马式教堂,他也想到了死亡。他清醒而冷静:

> 他也察觉到记忆不再有远近之分。他记得小时候和几个堂兄在地中海度过的那些冬天,他记得在圣城度过的学生岁月,一如他清清楚楚记得摩尔尼先生到来,建造了他的教堂。他很快就抛开了用日历计算的时间,那对他而言已经不管用了。他坐在自己意识的中央;他之

---

[1] 这几页显然受到契诃夫那则短篇小说《主教》的影响,里面写了一个临死的主教,并且又转而影响了玛丽莲·罗宾逊的《基列家书》。

前的任何念头都没有丢失或者变得不合时宜。它们全都触手可及，全都可以理解。

有时候，麦格达拉那或伯纳德会进来问他一个问题，他要好几秒钟的时间才能把自己带回到此时此刻。他看得出来，他们觉得他正丧失意识，但其实不过因为在他波澜壮阔的人生画卷中，有其他一些部分超常地活跃着——对于这些部分，他们一无所知。

140

现实主义，广义上是真实展现事物本来的样子，不能仅仅做到逼真，仅仅做到很像生活，或者同生活一样，而是具有——我必须这么来称呼——"生活性"（lifeness）：页面上的生活，被最高的艺术才华带往不同可能的生活。它不应只是一种类型，相反，它令其他形式的小说看上去都成了类型。因为这种现实主义——生活性——是一切之源。它有教无类，逃学者也受其教诲，是它令魔幻现实主义、歇斯底里现实主义、幻想小说、科幻小说，甚至惊悚小说的存在成为可能。它完全不像反对者说的那么天真，几乎所有伟大的 20 世纪现实主义小说都会反思自己的创作本身,并且充满高妙手段。所有伟大的现实主义者,从奥斯丁到门罗,同时都是伟大的形式主义者。而这个问题难得没底:对于那些视已有小说技巧不过是因循陈规的写作者而言,必须想办法比不可避免的衰老棋高一招。契诃夫发出的挑战——"易卜生不懂生活。生活里根本就不是那么回事。"——现在听来一如百年之前那样振聋发聩,因为各种形式必须持续不断地被打破。真正的作家,是生活的自由的仆人,必须抱有这样的信念:小说迄今仍然远远不能把握住生活的全部范畴;生活本身永远险些就要变成常规。

参考文献

本书引用或提及的长篇小说、短篇小说及故事均罗列如下。为再现一种变迁传承的历史感,我将它们按照原本语言首次出版的日期排序。如果我从某个译本当中引用了任何语句,亦会将其译者的名字一并附上。

Miguel de Cervantes, *Don Quixote* (1605 and 1615)
The Bible, King James Version (1611)
Daniel Defoe, *Robinson Crusoe* (1719)
Henry Fielding, *Joseph Andrews* (1742), *Tom Jones* (1749)
Denis Diderot, *Rameau's Nephew* (written in the 1760s, published in 1784)
Jane Austen, *Pride and Prejudice* (1813), *Emma* (1816), *Persuasion* (1818)
Alexander Pushkin, *Eugene Onegin* (1823—31)

Stendhal, *The Red and the Black* (1830, translated by Margaret Shaw)

Honoré de Balzac, *La Peau de chagrin* (1831), *Splendeurs et misères des courtisanes* (1839—47)

Stendhal, *The Charterhouse of Parma* (1839)

Charlotte Brontë, *Jane Eyre* (1847)

William Makepeace Thackeray, *Vanity Fair* (1848)

Charles Dickens, *David Copperfield* (1850)

Gustave Flaubert, *Madame Bovary* (1857, translated by Geoffrey Wall)

George Eliot, *Adam Bede* (1859)

Charles Dickens, *Great Expectations* (1861)

Fyodor Dostoevsky, *Notes from Underground* (1864), *Crime and Punishment* (1866)

Gustave Flaubert, *Sentimental Education* (1869, translated by Robert Baldick)

Leo Tolstoy, *War and Peace* (1869, translated by Louise and Aylmer Maude)

George Eliot, *Middlemarch* (1871—72)

Thomas Hardy, *Far from the Madding Crowd* (1874)

Leo Tolstoy, *Anna Karenina* (1877)

Fyodor Dostoevsky, *The Brothers Karamazov* (1880)

Henry James, *The Portrait of a Lady* (1881)

Thomas Hardy, *The Mayor of Casterbridge* (1886)

Leo Tolstoy, *The Death of Ivan Ilyich* (1886)

Guy de Maupassant, *Pierre and Jean* (1888)

Knut Hamsun, *Hunger* (1890)

Thomas Hardy, *Tess of the D'Urbervilles* (1891)

Anton Chekhov, "Ward 6" (1892), "Rothschild's Fiddle" (1894)

Theodor Fontane, *Effi Briest* (1894)

Stephen Crane, *The Red Badge of Courage* (1895)

Henry James, *What Maisie Knew* (1897)

Anton Chekhov, "The Lady with the Little Dog" (1899)
Theodore Dreiser, *Sister Carrie* (1900)
Thomas Mann, *Buddenbrooks* (1901)
Anton Chekhov, "The Bishop" (1902)
Joseph Conrad, *Heart of Darkness* (1902)
Beatrix Potter, *The Tailor of Gloucester* (1903)
Rainer Maria Rilke, *The Notebooks of Malte Laurids Brigge* (1910, translated by Stephen Mitchell)
Leo Tolstoy, *Hadji Murad* (1912)
Marcel Proust, *Remembrance of Things Past* (1913—27, translated by C. K. Scott Moncrieff and Terence Kilmartin)
James Joyce, *Dubliners* (1914)
Franz Kafka, *The Metamorphosis* (1915)
D. H. Lawrence, *The Rainbow* (1915)
James Joyce, *A Portrait of the Artist as a Young Man* (1916)
D. H. Lawrence, *Sea and Sardinia* (1921)
James Joyce, *Ulysses* (1922)
Katherine Mansfield, *The Garden Party and Other Stories* (1922)
Sinclair Lewis, *Babbitt* (1922)
Italo Svevo, *Confessions of Zeno* (1923)
Thomas Mann, *The Magic Mountain* (1924)
Willa Cather, *Death Comes for the Archbishop* (1927)
Virginia Woolf, *To the Lighthouse* (1927)
Isaac Babel, "My First Fee" (1928)
William Faulkner, *As I Lay Dying* (1930)
Virginia Woolf, *The Waves* (1931)
Louis-Ferdinand Céline, *Journey to the End of the Night* (1932)
Joseph Roth, *The Radetzky March* (1932)
Christopher Isherwood, *Goodbye to Berlin* (1939)
Robert McCloskey, *Make Way for Ducklings* (1941)
Henry Green, *Caught* (1943), *Loving* (1945)

Evelyn Waugh, *Brideshead Revisited* (1945)
Vladimir Nabokov, "First Love" (1948)
Cesare Pavese, *The Moon and the Bonfire* (1950)
Ralph Ellison, *Invisible Man* (1952)
Vladimir Nabokov, *Lolita* (1955)
Saul Bellow, *Seize the Day* (1956)
Vladimir Nabokov, *Pnin* (1957)
V. S. Naipaul, *A House for Mr Biswas* (1961)
Muriel Spark, *The Prime of Miss Jean Brodie* (1961)
John Updike, *Of the Farm* (1965)
Thomas Pynchon, *The Crying of Lot 49* (1966)
Frederick Exley, *A Fan's Notes* (1968)
B. S. Johnson, *Christie Malry's Own Double-Entry* (1973)
John le Carré, *Smiley's People* (1979)
Thomas Bernhard, *Wittgenstein's Nephew* (1982)
José Saramago, *The Year of the Death of Ricardo Reis* (1984)
Cormac McCarthy, *Blood Meridian* (1985)
Philip Roth, *The Counterlife* (1986)
Kazuo Ishiguro, *The Remains of the Day* (1989)
Norman Rush, *Mating* (1991)
Cormac McCarthy, *All the Pretty Horses* (1992)
W. G. Sebald, *The Emigrants* (1992)
Philip Roth, *Sabbath's Theater* (1995)
Roberto Bolaño, *The Savage Detectives* (1998)
Ian McEwan, *Atonement* (2001)
J. M. Coetzee, *Elizabeth Costello* (2003)
Norman Rush, *Mortals* (2003)
Marilynne Robinson, *Gilead* (2004)
David Foster Wallace, *Oblivion: Stories* (2004)
Thomas Pynchon, *Against the Day* (2006)
John Updike, *Terrorist* (2006)